Impressum:

Die Drachen von Blaustern

von Peter A. Kettner

Roegelsnap Buch & Hörbuchverlag

www.verlag.roegelsnap.de
Gestaltung & Cover: www.roegelsnap.de
Bearbeitung: Doug van Roegelsnap
Bodenwiesenstraße 16
97852 Schollbrunn / Spessart
Tel.: +49 09394 -8101
Fax.: +49 09394 -8510
E-Mail.: service@roegelsnap.de
USt-IdNr.: DE 207311358
Schollbrunn / Spessart den 29April 2019
copyright © Roegelsnap Buch & Hörbuchverlag

ISBN 978-3-86422-549-9
2 Auflage
Personen und Handlung dieses Buches
sind frei erfunden. Ähnlichkeiten mit lebenden oder toten
Personen sowie existierenden
Unternehmen wären also rein zufällig.

Erschienen auch als Hörbuch.
www.roegelsnap.de

Die Katastrophe

Das klobige Raumschiff taumelte schwer beschädigt durch ein noch nicht kartographiertes Sonnensystem. Bei dem monströsen Kasten handelte es sich um einen uralten Erzfrachter, den Menschen unterschiedlichster Herkunft – mit der Hoffnung auf eine neue Heimat - zu einem Auswandererschiff umgebaut hatten. Viel Geld war für die Anschaffung des schäbigen Stahlriesen draufgegangen. Das Vielfache des eigentlichen Wertes. Daher mangelte es an finanziellen Mitteln für wichtige Teile. Auch für eine gepanzerte Außenhülle, wie sie für ein Passagierschiff üblich war. Nun hatte sich das Manko mit der unerbittlichen Gnadenlosigkeit eines staatlich alimentierten Verwaltungsbeamten gerächt. Ein metallhaltiger Meteor, von zwei Metern Durchmesser, war mit der brutalen Wucht einer abgefeuerten Kanonenkugel auf die Außenhülle des schrottreifen Weltraumkahns gedonnert und hatte die primitive Konstruktion wie eine Konservendose aus billigem Weißblech durchschlagen. Verluste an Menschenleben gab es nicht zu beklagen, da das kosmische Geschoss im Bereich des Triebwerks eingedrungen war. Ein schlimmes Unglück, aber die eigentliche Katastrophe wurde erst ersichtlich, als Techniker in Schutzanzügen den betroffenen Sektor aufsuchten, um den Schaden zu begutachten. Mit Grauen erkannte sie, dass der überraschend aufgetauchte Himmelskörper auf seiner Flugbahn unersetzliche Bauteile des Haupttriebwerks zermalmt hatte. Es bedeutete nicht mehr und nicht weniger als das Todesurteil für die Menschen an Bord. Doch daran wollte vorerst noch niemand glauben. Bisher hatte man sogar in Situationen, die auf dem ersten Blick ausweglos erschienen, eine Lösung gefunden. Akribisch werteten deshalb die Fachleute mehrmals sämtliche Daten aus. Doch die harten Fakten offenbarten immer wieder die schreckliche Wahrheit aufs Neue. Einige für den Antrieb unersetzliche Aggregate, die durch die Kollision bis zur Unkenntlichkeit zerquetscht worden waren, konnten selbst von den talentiertesten Spezialisten nicht mehr instand gesetzt werden. Es fehlte auch an entsprechenden Gerätschaften, um sie nachzubauen. Ratlosigkeit machte sich bei den Ingenieuren und Technikern breit. Selbst ein Notsignal konnte ihnen keine Rettung bringen. Dafür war man viel zu tief in unbekannte Räume vorgestoßen. Gefangen in einer verrottenden Lebensinsel aus Stahl, begann ihre Zeit abzulaufen. Die hektische Aktivität der ersten Stunden nach der Kollision verwandelte sich in eine düstere Resignation. Wie ein unersättlicher Aasgeier begann sich eine lähmende Agonie der Seelen der Frauen und Männer zu bemächtigen. Die destruktive Emotion steuerte sie unaufhaltsam einem alles verschlingenden Abgrund entgegen. Es gab nichts mehr was sie tun konnten. Bei einigen machte sich auch eine alles zersetzende Verbitterung breit. Ihr Untergang war ein später, wenn auch sinnloser Sieg der Mächtigen von der Erde, über freiheitsliebende Menschen. Nun waren alle Träume ausgeträumt und was bisher von Bedeutung war, zerfiel zu wertloser Asche. Viele begannen ihr Schicksal zu verfluchen und sämtliche Götter, die ihnen namentlich bekannt waren. Natürlich wussten alle an Bord, wie oft ihnen die launische Göttin Fortuna schon ihre Gunst erwiesen hatte. Wesentlich länger als gedacht, versah das marode Raumschiff seinen Dienst. Dabei war offiziell ein so langer Flug nicht vorgesehen gewesen. Vor sechs Monaten, so die ursprüngliche Planung, hätten sie auf einem erdgroßen Mond eines Gasriesen landen sollen, um dort zu siedeln. Eine Welt mit rauem Klima und einem militärischen Außenposten der Erde. Das Ziel, eine von Regierungsstellen aufgezwungene Wahl, war die für die Auswanderer ohnehin nicht in Frage gekommen.

Niemanden drängte das Bedürfnis, weiterhin unter der Knute eines Systems zu stehen, das sich nur für die Belange der Superreichen einsetzte und normale Bürger rigoros entrechtete, um sie als unterbezahlte Arbeitskräfte zu missbrauchen. Energie- und Lebensmittelvorräte an Bord reichten für insgesamt zwei Jahre. In dieser Hinsicht hatten sie Vorsorge getroffen. Die Wahrscheinlichkeit in dieser Zeit eine bewohnbare Welt zu finden - da herrschte auch anfangs noch Konsens unter den Wissenschaftlern an Bord – konnte als außerordentlich hoch bezeichnet werden. Das sie dabei geflissentlich die technischen Probleme des Frachters ignorierten, war ihrer verzweifelten Hoffnung auf ein Leben in Unabhängigkeit geschuldet. Dabei hatten sie, mit einer an Wahnsinn grenzenden Fahrlässigkeit, die hässliche Fratze der Wahrheit ausgeblendet. Fast zwei Drittel der gesamten Inneneinrichtung der Kommandozentrale, sowie wichtige Teile der Lufterneuerungs- und Recyclinganlage, bestanden aus Ersatzteilen, die notdürftig zusammengebastelt waren. Auch der Rest des fliegenden Stahlsarges entsprach nicht einmal annähernd den aktuellen Sicherheitsstandards der zivilen Raumfahrt. Wie immer, wenn ein schier unlösbares Problem auftauchte, ruhten alle Blicke fragend auf Ben Miller - ein großer und gutaussehender Mann, dessen Gefühle sich nur selten in den Regungen seines Gesichtes zeigten. Doch auch er war gerade nicht in bester Stimmung. Sein Pulsschlag befand sich schon längst in einem ungesunden Bereich und sein Magen war nur noch ein Klumpen aus Stein. Sie erwarteten zu viel von ihm. Als sei er ein Zauberer, ein Heilsbringer, gar ein Genie, das alle Probleme mit seinem genialen Verstand zu lösen vermochte. Doch sie täuschten sich. Auch ihm fehlte das Talent aus der Hinterlassenschaft des Darmtraktes Gold zu machen. Trotzdem marterte er sein Gehirn auf der Suche nach einer Lösung. Doch zum ersten mal seit Beginn ihrer gefahrvollen Reise, stieß er an die Grenzen seiner Möglichkeiten. Was sollte er nur tun? Die unglaubliche Last der Verantwortung drückte wie ein gewaltiger Mahlstein auf seinen Schultern. Am liebsten hätte er laut schreiend den Raum verlassen. Der Druck war einfach zu groß. Seine präzise arbeitende Denkmaschine hatte ihm schon längst mit eiskalter Logik klargemacht, dass es jetzt an der Zeit sei, sich auf den Sensenmann vorzubereiten. Aber noch immer weigerte er sich, mit der Standfestigkeit eines professionellen Dickkopfes, das Unvermeidliche anzuerkennen. Sein überlastetes Gehirn flüchtete sich in Erinnerungen, um nicht vollkommen verrückt zu werden. Vor zwei Jahren war er bei einem geheimen Treffen, zum Anführer einer Gruppe von Auswanderungswilligen gewählt worden. Dabei hatte er sich nicht für diese Position beworben. Man hatte es ihm angetragen. Das gerade er zum Kopf einer extrem gewagten Unternehmung bestimmt wurde, kam nicht von ungefähr. Ausgestattet mit einer hervorragenden Reputation als Schiffsführer, einem unbeirrbaren Optimismus und sehr guten astronomischen Kenntnissen, war er für diesen Posten geradezu prädestiniert. Doch hatten sie wirklich gewusst, welches Wagnis sie da eingegangen waren? Noch einige Jahre zuvor wäre keiner dieser Leute auf die Idee gekommen, den Blauen Planeten freiwillig zu verlassen. Terra war ihre Heimat. Sie bot ihren Bewohnern alles was sie zum Leben brauchten. Kaum jemand wollte seine sichere Existenz gegen eine ungewisse Zukunft auf einem fremden Planeten tauschen. Aber die Zeiten änderten sich manchmal schneller, als man sich in seinen schlimmsten Träumen vorstellen konnte. Wie fast schon üblich, war das Schicksal eine eigenwillige Zicke mit fiesem Charakter. Sie neigte dazu mit den psychopathisch veranlagten Brüdern Dummheit und Ignoranz aus freien und intelligenten Menschen verängstigte und traumatisierte Kreaturen zu machen, die ihr Heil in der Flucht oder der in der totalen Unterwerfung suchten. Entgegen aller Vernunft und Logik war das schräge Paar ungewöhnlich erfolgreich. Es verwandelten Paradiese, aus niederer Habgier und gemeiner Selbstsucht, in stinkende Höllen und suhlte sich voller Vergnügen im Schlamm der Verlogenheit. Zu Anbeginn der Geschichtsschreibung und noch viel früher waren die destruktiven Brüder gern gesehene Stammgäste bei den Mächtigen und Reichen und solchen, die glaubten aufgrund ihrer Geburt über dem Rest der Menschheit zu stehen. Deshalb bedurfte es auch nur weniger Jahre, einer egoistischen Führung mit unersättlichem Machthunger, die in ihrer Hybris kaum zu übertreffen war und einer angepassten und zudem höchst unkritischen Medienlandschaft, um die Freiheit der Erdbevölkerung in rasend kurzer Zeit auf ein Minimum zu reduzieren. Alles verlief so, wie man es aus der Historie der Menschheit gewöhnt war. Im vorauseilenden Gehorsam und relativ schnell mutierten gebildete Mittelstandbürger zu devoten, oder um es treffender zu formulieren, zu arschkriechenden Untertanen, die wiederum – auch das ein typisches Merkmal des klassischen Speichelleckers - den Druck nach unten weitergaben. Das frühere Nordkorea mit seinen grenzwertigen Diktatoren, deren Frisuren auf das Schrecklichste den in diesen Menschen innewohnenden Irrsinn symbolisierten, diente als grausiges Vorbild dafür, wie man der ganzen Erdbevölkerung, mit Hilfe idiotischer Parolen, der Menschenrechte berauben konnte. Aber auch eine Gegend in der Mitte von Europa, das man einst als das Land der Dichter und Denker huldigte, wurde als Leitbild herangezogen, um aufzuzeigen, wie leicht es für die Medien war, die Gedanken der Menschen zu kontrollieren. Die Meinungshoheit war ein Werkzeug in der Hand der herrschenden Klasse. Ein Zustand, dem selbst Diktatoren jener Zeit Bewunderung zollten. Es war ein Verdienst deutscher Verleger, die es auf das trefflichste verstanden, mit den von ihnen abhängige Journalisten, mit geschickt manipulierten Nachrichten und unseriösen Totschlagargumenten, dem gemeinen Bürger geistige Dünnschiss als reine Wahrheit zu verkaufen. Für Ben Miller waren die letzten Jahre eine Geisterfahrt in den Abgrund. Die neue Führung arbeitete erfolgreich mit alten und abgedroschenen Konzepten. Dennoch waren es Selbstläufer, die ihre Wirkung nicht verfehlten. Eine Tatsache die Ben fassungslos machte. Irrsinnig krude und unlogische Behauptungen, die ständig von staatlichen Stellen sowie den öffentlichen Medien ausgespien wurden, verdichteten sich in der Wahrnehmung von normalen Menschen zu Wahrheiten. Im Vergleich dazu, wirkten die zur Unterhaltung ausgedachten Lügengeschichten von Baron Münchhausen, wie reine Tatsachenberichte. Mit akademischen Graden versehene Handlanger, die sich für diesen Unfug zur Karrieresteigerung als Lautsprecher anboten, fanden sich zur Genüge. Geschickt wurden die unteren Schichten in den Medien als Faul und Arbeitsscheu dargestellt. Es dauerte nicht lange und die Mittelschicht nebst den dünkelhaften Eliten begegneten den Verlierern der Gesellschaft offen mit Abscheu und Verachtung. Aber auch der Mittelschicht, die angepasst und blauäugig jeden staatlichen Unfug akzeptierte, um den eigenen Arsch zu retten, ging es bald an den Kragen. Ständig drangsaliert von neuen Richtlinien, Verordnungen und einer zutiefst restriktiven Gesetzgebung, war es für sie bald nicht mehr möglich, ein halbwegs würdevolles Leben in Freiheit zu führen. Desillusioniert und vollkommen Eingeschüchtert wählten deshalb viele den Weg der Auswanderung. Dazu benötigte man aber Geld, verdammt viel Geld. Entsprechende Plätze auf geeigneten Raumschiffen kosteten horrende Summen. Erschwert wurde das Vorhaben noch durch unzählige Anträge und Genehmigungen, für die hohe Gebühren entrichtet werden mussten.

Das neue Regime machte ein Riesengeschäft. Organisierte und gesteuert wurde die große Abzocke von einem anmaßendem Beamtentum, dem sich dabei alle Möglichkeit der Bosheit boten, um den verschüchterten Menschen ihre mühsam erarbeiteten Vermögen wie Schnee in Sonne wegschmelzen zu lassen. Der Immobilienmarkt wurde förmlich mit Angeboten geflutet. Häuser in der besten Lage wurden zu Niedrigstpreisen an Immobilienhaie verschleudert. Aber nicht alle die wollten, konnten auswandern. Die Plätze auf den Schiffen waren begrenzt. Das führte vereinzelt zu kleineren Aufständen, die aber schnell und brutal niedergeschlagen wurden. Die, die es sich dennoch leisten konnten, setzten alle Hebel in Bewegung um sich aus dem Staub zu machen. Auf neu entdeckten Kolonialplaneten erhofften die Unglückseligen eine bessere Zukunft. Aber die Kähne, die sie zu den Sternen bringen sollten, waren meist ausgediente Wracks, die nur durch aufwendige Reparaturen zum Einsatz gebracht werden konnten. Auch ihr Schiff, eine verlotterte Blechbüchse mit Überlichtantrieb, gehörte zu dieser Sorte von Ramsch. Allen Widrigkeiten zum Trotz, war es Ben und einigen Spezialisten gelungen, die fliegende Zumutung wieder startklar zu machen. Dabei übersah er nie die großen Mängel der alten Konstruktion. Warum er dennoch mit großem Willen und voller Zuversicht das Projekt vorangetrieben hatte, konnte er jetzt nicht mehr nachvollziehen. Am meisten bedauerte er das Schicksal seiner bildhübschen Frau. Er liebte sie inniglich, gab sich aber schon jetzt die Schuld für ihr baldiges Ableben. Sie war ihm bisher eine unersetzliche Stütze gewesen. Zwar hatte sie seine Idee unterstützt, nicht auf dem erdgroßen Mond des Gasriesen zu landen, sondern stattdessen weiterzufliegen, doch war ihr Wissen, was die Raumfahrt betraf, begrenzt. Warum nur, so fragte er sich immer wieder, war er auf die abwegige Idee gekommen, eine neue Welt zu suchen. Auf dem ursprünglichen Zielplaneten hätte ihr eine raue Zukunft bevorgestanden, aber wenigstens wäre sie am Leben geblieben. Jetzt musste sie für seine Fehler büßen. Ihm als ausgebildeten Raumfahrer war klar, welch ein gefährliches Abenteuer sie da eingegangen waren. Allerdings hatten die wenigen Spezialisten an Bord genauso leichtfertig wie er, die Risiken ausgeblendet. Nun war es zu spät für eine Umkehr. Wirkliche Gerechtigkeit, so vermutete er wütend, hatten die Götter des Universums ohnehin nur für die Reichen und Mächtigen vorgesehen. Der Zorn stachelte Ben an. Probleme löste er normalerweise spielerisch. Viele an Bord begegneten ihm daher mit ehrfürchtiger Bewunderung. Doch dem war nicht so. Eigentlich konnte jeder mäßig begabte Techniker die alte Kiste mit ihrer einfachen Technik warten. Gab es entsprechenden Ersatzteile, war sie auch leicht instand zu setzen. Nur waren Schiffstriebwerke für die meisten Menschen immer noch ein Buch mit sieben Siegeln. Dabei bedurfte es nur gewisser physikalischer Grundkenntnisse und einiger Kurse in Raumfahrttechnik. Ein Triebwerk bestand aus Modulen, die relativ einfach ausgetauscht werden konnten. Fehlte aber ein solches Modul wurde es kniffelig. Dann bedurfte es eines Spezialisten. Leider, so schoss ihm ein bösartiger Gedanken durchs Gehirn, benötigte auch der geschickteste Techniker Spezialwerkzeuge und einige Komponenten aus schwer zu beschaffende Metalllegierungen, um die vom Meteor zerstörten Teile nachzubauen. Die gab es aber nicht auf dem Schiff. Obwohl er verzweifelt versuchte auch noch im letzten verstaubten Winkel seines Gehirnes auf eine krude Idee zu stoßen, die er vielleicht übersehen hatte, wusste er doch, das sie nichts mehr tun konnten. Jetzt musste er abtreten, ohne sich einen seiner geheimsten Wünsche jemals erfüllen zu können. Es war nicht der, mit einem ganzen Rudel bildhübscher Frauen splitternackt durch die Bettfedern zu hüpfen, der kam erst an zweiter Stelle. Am meisten hatte er sich immer gewünscht, einem arroganten Bonzen lustvoll die Fresse zu polieren. Natürlich nach allen Regeln der Kunst. Das wäre eine wirklich gute Tat, so kurz vor dem Ende. Leider hatte er gerade keine arrogante Arschgeige zum abmurksen zur Hand. Wütend schaute er auf seine Greifwerkzeuge, mit denen er das gute Werk hätte vollbringen wollen. Die Zeit lief ab und der Schlussakkord der fiesen Lebensoper kam wie eine gigantische schwarze Wand auf sie zugerast. Das Raumschiff aber, würde noch jahrelang mit ihren ausgetrockneten Kadavern, durch das Sonnensystem ziehen. Für die meisten an Bord war ihr gewählter Kapitän und Anführer ein Mann, den sie vom Charakter her nur schwer einschätzen konnten. Das lag an seinem undurchdringlichen Mienenspiel. Trotz seines überdurchschnittlich guten Aussehens, verhielt er sich den meisten Frauen gegenüber reserviert. Für viele ein eindeutiges Indiz dafür, dass er kein typischer Herzensbrecher war. Er wusste es besser. Beispielhaft dafür war seine Zeit auf der Universität. Natürlich hatte er sich als Student mit sehr viel Liebe und Hingabe dem Studium der Astrophysik gewidmet, statt sich an der klassischen Bejagung der holden Weiblichkeit auf Partys oder in angesagten Nachtclubs zu beteiligen. Dennoch war er auf seine Kosten gekommen. Da ihm die überteuerten Bars für die Schickeria, und damit die langbeinige Edelware aus privilegiertem Hause, wegen begrenzter Geldmittel verwehrt blieben, vergnügte er sich, wenn es seine knappe Zeit zuließ, abwechselnd mit den attraktiven Gattinnen dreier hochnäsiger Professoren. Das hatte ihn deren herablassende Art leichter ertragen lassen. Aus einfachem Hause stammend war es fast zwingend logisch, dass er von den elitär denkenden Akademikern schlecht behandelt wurde. Für Kommilitonen, die mit vermögenden Eltern gesegneten waren, gab es solche Probleme nicht. Sie vergnügten sich meist mit ihresgleichen in extravaganten Lokalitäten. Auch die Justiz behandelte sie gnädig. Vergewaltige ein Zögling aus reichem Hause eine einfache Bürgerstochter, behandelte man das Vergehen als Kavaliersdelikt und der Täter wurde auch noch von seinen Freunden für diese Tat gefeiert. Dagegen mussten sich Damen aus reichen Hause kaum vor sexuellen Übergriffen vor sogenannten Unterschichtlern fürchten. Geschah tatsächlich einmal ein solcher Fall, wurde nicht nur der Täter hingerichtet, sondern auch noch dessen gesamte Familie. So waren die Verhältnisse und niemand regte sich darüber auf. Ein Aufstieg ganz nach Oben blieb Ben schon aufgrund seiner niederen Herkunft und fehlenden Beziehungen verwehrt. Das störte ihn nicht weiter, da ihm der Ehrgeiz fehlte, eine Führungsposition im Militär oder in der Wirtschaft zu ergattern. Dennoch musste er, um überhaupt an der Universität studieren zu können, weitaus höhere Leistungen erbringen, als seine Mitstudenten. Das gelang ihm auch, dank seiner schnellen Auffassungsgabe und extremen Durchhaltevermögens. Nach Beendigung seines Studiums ging er für vier Jahre zu den Streitkräften der Sternenflotte, lernte fast alle gängigen Schiffsmodelle fliegen und wechselte danach in die Zivilverwaltung der Raumfahrtbehörde. Hier stieg der intelligente Mann soweit auf, wie es einem Menschen seiner Klassenzugehörigkeit möglich war. Seine Vorgesetzten schätzten ihn wegen seiner Loyalität und absoluten Zuverlässigkeit. Auch im Privatleben war ihm das Glück holt. Er lernte eine attraktive Frau kennen und lieben, die Intelligenz und Schönheit auf wunderbare Weise vereinte. Das Schluchzen einer Frau riss ihn aus seinen Gedanken. Er blickte auf. Die Stimmung auf der Schiffsbrücke geriet ins Wanken. Der ungewöhnliche Umstand zehrte bei allen an den Nerven. »Jedes vernünftige Raumschiff besitzt redundante Systeme«, grollte er voller Wut, »nur dieser verdammte Kasten nicht.« Ben wollte und konnte nicht aufgeben. Als gewählter Anführer fühlte er sich verpflichtet bis zum letzten Atemzug zu kämpfen. Er wusste was zu tun war. Es galt jetzt die Crew zu beschäftigen, um sie von dummen Gedanken abzulenken. Deshalb ließ er ein drittes und auch ein viertes Mal, das Triebwerk untersuchen. Jedes Mal von anderen Leuten. Er bat sie, selbst die geringste Kleinigkeit zu beachten. Die Vorgänger, so sein Gedanke, hatten womöglich bei ihrer Durchsicht etwas übersehen. Doch es half nichts. Die Zerstörungen an den Maschinen waren irreparabel. Ihre Reise, die so hoffnungsvoll begonnenen hatte, war nun zu Ende. Der Zufall hatte wieder einmal eine Menge Pech in seinem Gefolge. Gevatter Tod würde bald eine reiche Ernte einfahren können. Mit einem faden Nachgeschmack im Mund begannen sich Bilder einer höchst unangenehmen Erinnerung in seinem Kopf zu einem ätzenden Film zu verdichten. Überdeutlich sah er ein gehässig grinsendes Gesicht vor sich, das dem Mann gehörte, der ihnen vor über einem Jahr das vergammelte Raumschiff verkauft hatte. Wilibald Herzog, so der Name des Beamten, ein willfähriger Handlanger der Erd-Administration, durfte Privilegien genießen, die ihn weit über den Normalbürger erhoben. Ein ungesunder Zustand, der Menschen schon immer dazu brachte, asoziales Verhalten zu entwickeln. Das war auch so gewollt. Die in der Verwaltung sowie im Außendienst arbeitenden Mitarbeiter der Privat-Regierung, verfügten über den Status der Unantastbarkeit. Das machte sie rechtlich gesehen fast zu Halbgöttern. Tatsächlich besaßen sie in der Bevölkerung den Ruf, die größten Arschlöcher des Universums zu sein. Wie zu allen Zeiten üblich, verrichtete auch Wilibald Herzog seine Arbeit mit der Überheblichkeit und gnadenlosen Willkür eines mit staatlicher Macht ausgestatteten Herrenmenschen. Die daraus resultierende sadistische Ader lebte er mit sichtlicher Freude aus. Ben Miller wusste, wie er mit solchen Leuten umzugehen hatte, gab sich unterwürfig und verhielt sich betont neutral. Dennoch wären ihm fast sämtliche Gesichtszüge entgleist, als ihm der arrogante Staatsdiener den maßlos übertriebenen Preis für das ausgemusterte Transportschiff nannte. Mit Mordgedanken, die er aber recht schnell im letzten Hinterstübchen seines Gehirns mit doppelter Bewachung einkerkerte, hatte er akzeptieren müssen. Raum für Verhandlungen gab es nicht, dafür war die Nachfrage zu groß. Zudem besaß die von Konzernen geführte Regierung das Preismonopol. Ohne das Objekt vorher in Augenschein nehmen zu können, hatte Ben bezahlt - auch dies eine Verkaufsmethode der Privat-Staatlichen Einrichtungen. Für die horrende Summe hätte man locker eine Luxusjacht kaufen können, was aber den unteren Klassen nicht gestattet war. Da Ben, wie fast neunzig Prozent der Erdbevölkerung, zur Unterschicht gehörte, regte er sich darüber nicht weiter auf. Selbst seine bescheidene Kariere, die ihm zu einem kleinen Wohlstand verholfen hatte, änderte nichts daran. Normalsterbliche durften die fliegenden Superhotels der Herrschenden nur als Schiffsoffiziere, Techniker oder sonstiges Personal betreten. Diese Realität kannte er und hatte sie von Kindesbeinen an verinnerlicht. Die wenigsten wären deshalb auf die Idee gekommen, die Erde zu verlassen. Doch das waren Bagatellen im Vergleich zu den neuen Regelungen und Gesetzen. Auch als ihm Wilibald Herzog die Besitzurkunde des Erzfrachters mit der Bezeichnung Space-Truck 3009 übergab, befleißige sich Ben gekonnt - wie von ihm erwartet - des devoten Gebarens eines unterwürfigen Bittstellers. Er hatte kein Risiko eingehen wollen, denn allzu oft waren solche Geschäfte von den Beamten wieder rückgängig gemacht worden, wenn sie sich nicht entsprechend gewürdigt fühlten. Umgekehrt wäre kein Normalbürger auf die Idee gekommen, von einem Staatsdiener mit Respekt behandelt zu werden. Es war ein übles Spiel, bei dem der Verlierer von Anfang an feststand. Als Ben dann endlich auf einem abgelegenen Teil eines drittklassigen Raumhafens den monströsen Frachter besichtigen konnte, raubte ihm der grauenvolle Zustand für einen Moment den Atem. Es fiel ihm schwer seine Fassungslosigkeit zu verbergen, denn der Frachter war, so wie er dastand, absolut fluguntauglich. Was seinen Augen von außen zugemutet wurde, setzte sich im inneren des Schiffes fort. Wichtige Instrumente, die für die Steuerung unabdingbar waren, fehlten komplett. Es war ersichtlich, dass sie erst vor kurzem ausgebaut worden waren, vermutlich von Mitarbeitern des Raumhafens, die sich mit solchen Diebstählen ein kleines Zubrot verdienten. Er konnte es ihnen nicht einmal verübeln. Viele Vollzeitbeschäftigte kämpften in den letzten Jahren ums nackte Überleben, da ihnen die Gehälter gnadenlos zusammengestrichen worden waren. Das wirkte sich auf das Verhalten der Menschen aus. Jeder war sich nur noch selbst der Nächste. Ein Drittel der Gesellschaft begann auf Grund dieser Zustände langsam aber sicher zu verrohen. Natürlich wusste jeder logisch denkende Mensch, dass dies so von der Führungselite gewollt war. Je mehr Verbrechen es gab, desto leichter konnten für den angeblichen Schutz der Allgemeinheit noch härtere Gesetzte gerechtfertigt werden. Aber Ben Miller behielt den Gedanken bei sich. Beim weiteren Rundgang durch den verdreckten Schrotthaufen stellte er fest, dass das Schiff extrem verunreinigt war. Ein fast normaler Zustand, denn es war gängige Praxis rangniederer Raumfahrer, sich Hasen, Gänse, Hühner und noch viel exotischeres Getier zur Frischfleischversorgung an Bord zu halten. Aus einem ihm nicht bekannten Grund waren bei der Ausmusterung des Schiffes einige der Tiere zurückgelassen worden. Daher stank es penetrant nach verwesten Kadavern. Denkbar war, dass man die alte Crew genötigt hatte, die Space-Truck 3009 im Eiltempo zu verlassen. Ein Spaß, den sich Vorgesetzte nur allzu gerne erlaubten, um die Untergebenen zu schikanieren. Übelkeit stieg in ihm hoch, nicht so dem Beamten, der eine hauchdünne Atemmaske auf dem Gesicht trug. Den makaberen Abschluss der bösartigen Komödie bildete die, Kombüse. Ein Raum voller Kot und Ratten. Wie gerne hätte er an diesem Tag die blasierte Fresse von Wilibald Herzog in den stinkenden Abfall gedrückt und ihn als Fraß für die Nager zurückgelassen. Ein halbes Jahr später war einem Stab von Technikern und Ingenieuren aus ihrer Gruppe ein kleines Wunder gelungen – der Schrotthaufen konnte mit kleinen Einschränkungen seine ihm zugedachte Funktion wieder erfüllen. Natürlich hatten sie zuvor noch einige wichtige Teile auf dem Schwarzmarkt zu horrenden Preisen erwerben müssen. Das gab der Sache einen bitteren Nachgeschmack, denn nun mussten sie auf eine sehr wichtige Komponente ihrer Planung verzichten - eine transportable Klinik. Sie erhielten zwei Monate später die Startfreigabe. Nach einer kleinen Abschiedsfeier gab es kein Halten mehr. Mit zahlreichen Nutztieren an Bord, verließen sechseinhalbtausend Auswanderer in einem klapprigen Seelenverkäufer die Erde. Ihnen stand eine lange Reise des Leidens bevor, denn aus Platzmangel mussten die meisten Teilnehmer des Unternehmens in den notdürftig zusammengeschweißten Kabinen bleiben. Die Zustände konnte mit den Haftbedingungen in südamerikanische Gefängnissen verglichen werden. Auch was die hygienischen Bedingungen betraf. Sie waren tatsächlich Katastrophal. Seine Gedanken wanderten zehn zurück, in eine Zeit, als die Welt für Ben Miller noch in Ordnung gewesen war. Seine Karriere verlief damals reibungslos. Er konnte die Annehmlichkeiten des Lebens genießen. Gelegentliche Einsätze als Kapitän auf privaten Raumjachten der Oberschicht, zu denen er dienstverpflichtet war, hatten für ihn mehr Vergnügen als Arbeit bedeutet. Als er dann noch mit der schönen Claire einen Ehevertrag einging und sie ein winziges Häuschen in einem Vorort von Paris bezogen, schien das Glück perfekt zu sein. Als Angehöriger der zivilen Raumfahrtbehörde konnte er sich den kleinen Luxus leisten. Doch am politischen Himmel brauten sich schon damals dunkle Wolken zusammen. Schon lange Zeit führte eine von Großunternehmen gebildete Zentralregierung mit manchmal mehr und manchmal weniger Geschick, die immer stärker verschmelzenden Völker und Kulturen der Erde. Obwohl die Reichen immer reicher wurden, musste keiner Hunger leiden und man fand fast immer eine Arbeit von der ein Mensch leben konnte. Auch auf den zumeist dünn besiedelten Kolonialwelten gelang es den Siedlern, sich einen bescheidenen Wohlstand zu erarbeiten. Dennoch waren kritische Äußerungen der Regierung gegenüber unerwünscht. Beanstandeten Prominente das System, brauchten sie eine Inhaftierung nicht zu fürchten, da es viel einfacher war, sie über die Massenmedien lächerlich zu machen. Meist endeten sie dann als Sozialhilfeempfänger in schäbigen Mietwohnungen oder schwer gedemütigt in einem Obdachlosenheim, wo sie sich mit anderen Unterprivilegierten um die Essensrationen schlagen durften. Aber bildeten sich oppositionelle Gruppen, die dazu auch noch über ein vernünftiges politisches Konzept verfügten, hörte für das Regime der Spaß auf. Die Mitglieder wurden gnadenlos gejagt, ihre Familien in Sippenhaft genommen und auf Gefängnisplaneten verschleppt, wo sie sadistischen Wärtern ausgeliefert waren. Dieses Insiderwissen besaß Ben aber nur, weil er als Angehöriger der Zivilen Raumfahrtbehörde über bessere Informationsquellen verfügte, als der gewöhnliche Bürger. Insgesamt aber, führten die meisten Durchschnittsmenschen auf Terra ein zufriedenes Dasein. Ermöglicht wurde dies durch einen florierenden interstellaren Handel. Die guten Geschäfte bildeten lange Zeit einen Garanten für sichere Arbeitsplätze und passable Löhne. Selbst die minder qualifizierten Arbeitnehmer verdienten genug, um sich in ihrer Lieblingskneipe am Wochenende einen Rausch leisten zu können. Damit bei den Massen kein Interesse an Politik aufkam, liefen auf fast allen Kanälen Sportsendungen aller Art, Serien und Unterhaltungsshows auf gezielt niedrigem Niveau. Zur Freizeitgestaltung gehörten auch kostengünstige Computerspiele, die ihrer Benutzer in fantastische Welten entführten, wo jeder Gedanke an ein selbstbestimmtes Leben unterdrückt wurde. Und überhaupt, Tageszeitungen mit monströsen Überschriften und kleinen Artikeln, die sich an Dämlichkeit jeden Tag auf neue übertrafen, lenkten und manipulierten im Auftrag der Regierung die Menschen wie ein Dirigent sein Orchester. Ben hatte sich oft belustigt gefragt, wie viel Alkohol wohl ein Redakteur für solche Überschriften benötigte. Dennoch war er immer nur ein milder Kritiker des Systems gewesen und hatte sich nie mit revolutionärem Gedankengut herumgeschlagen. Dass es eine Zeitlang auf der Erde recht gesittet zuging, hatte einen guten Grund. Ein halbes Jahrhundert vorher, im Jahre 2183, war es auf Terra zu wilden Arbeiteraufständen gekommen. Ausgelöst hatten sie eine unglaublich restriktive Politik der Herrschenden Klasse. Demolierte Industrieanlagen und brennende Bankenviertel gehörten in jener Zeit zum täglichen Bild in den Medien. Die Revolte bescherte den Konzernen Verluste in ungeahnter Höhe. Pragmatische Wortführer der Elite erkannten schnell, dass man mit „Brot und Spielen", sowie gesicherten Arbeitsplätzen, kostengünstiger und effektiver die Unteren Klassen kontrollieren und ausbeuten konnte, als mit einem Polizeistaat. Zudem verhießen neue

Kontakte mit außerirdischen Rassen und lukrative Handelsverträge eine rosige Zukunft für Terra und seine Kolonialwelten. Die restriktiven Gesetze wurden zurückgefahren und die Elite begann ihre Untertanen mit einer Politik der „Milden Hand" zu führen. In der Folge konnten die oberen Zehntausend wieder in aller Ruhe ihre Milliarden genießen und ein paradiesisches Leben führen. Alle waren glücklich und zufrieden bis....., ja bis einige überaus mächtige und einflussreiche Personen auf die geniale Idee kamen noch mächtiger und reicher als andere Superreiche zu werden. Es begann ein Hauen und ein Stechen unter den Eliten, dass, wie sollte es anders sein, die Skrupellosesten und Brutalsten gewannen. Das Treiben der Oberschicht wäre für die Unteren Klassen folgenlos geblieben, wenn die Sieger jener fröhlichen Schlächterei nicht auf die dumme Idee gekommen wären, eine neue Weltordnung zu erschaffen. Am Anfang fast unmerklich, im Verlaufe der Zeit aber immer deutlicher, wurden die mühsam erkämpften Rechte der Normalbürger, nach dem so genannten Bush-Prinzip, wieder eingeschränkt. Das war für viele unverständlich, denn es gab ohnehin kaum nennenswerte Systemkritiker oder Oppositionelle. Doch wie von den Planern erhofft, zeigte die restriktive Politik recht schnell ihre Wirkung und führte prompt zu einer ersten Auswanderungswelle. Ben wusste, wie belanglos dieses Wissen im Angesicht des Todes war. Er versuchte auch nicht nach einem tieferen Sinn hinter dem Unglück zu fragen. Es gab keinen. Solche Dinge passierten ständig. Die ganze Menschheitsgeschichte war voller Katastrophen und Tragödien. Alleine der Ausbruch des Vesuvs im Jahre 79 n. Chr. hatte gleich drei blühende Städte ausgelöscht. Pompeji war mit seinen 16.000 Einwohnern lediglich die bekannteste von ihnen gewesen. Der Vulkan hatte Tempel, Paläste und Villen mit Springbrunnen samt marmorner Böden genauso unbarmherzig unter glühender Asche und Bimsstein begraben, wie die ärmlichen Hütten und Verschläge der Tagelöhner und Sklaven. Allerdings würde man über dieses Drama noch in tausend Jahren reden. Die 6500 Auswanderer aber, konnten nicht einmal hoffen, als bedeutungslose Randnotiz in einer Statistik vermerkt zu werden. Dabei hatten viele an Bord großartige Leistungen vollbracht, um die metallene Lebensinsel funktionstüchtig zu halten. Seit dem Start waren die Techniker fast täglich damit beschäftigt, irgendwelche Reparaturen an Bauteilen auszuführen, die man früher sofort Entsorgt hätte. Einmal, so erinnerte er sich noch mit Schrecken, fiel die Lufterneuerungsanlage für acht Tage aus. Der Sauerstoff wurde knapp. Die Lösung war, dass Ben, bis auf die Führungscrew, sämtliche Auswanderer in ein künstliches Koma versetzen lies. Mit viel Können und Improvisationstalent war es dann den Fachleuten gelungen, die Anlage wieder Instand zu setzen. Ein weiteres Wunder hatten die Techniker vollbringen müssen, als einige der Schwerkraftgeneratoren ausfielen. Die Folge war, dass in vielen Sektionen Menschen und Tiere ungesichert durch die Räumlichkeiten schwebten. Nur durch einen glücklichen Zufall war im Gebäck eines Ingenieurs ein Gerät gefunden worden, mit dem die passenden Ersatzteile gebaut werden konnten. Sogar einen Rekord konnten sie verzeichnen. Kein Raumschiff der Erde war jemals tiefer in noch unerforschte Bereiche der Milchstraße vorgedrungen als Space-Truck 3009. Alleine für die neuen Sternenkarten würde das Handelsministerium auf Terra viel Geld hinlegen. Doch das waren nutzlose Gedanken. Er schüttelte verärgert den Kopf. Trotz der ausweglosen Situation musste er nach außen Gelassenheit zeigen. Dennoch tobte in seinem Innern eine Mischung aus Wut, Trauer und Verzweiflung. Alles hatten sein Frau und er verkauft und wie viele andere in die Anschaffung dieses fliegenden Totenschreiens gesteckt, nur um jetzt, verloren zwischen den Sternen, einem grausiges Ende entgegenzusehen. Dabei war ihre Hoffnung eine Welt zu finden, die sie besiedeln konnten, schon im letzten Monat auf den Nullpunkt gesunken. In diesem verdammten Quadranten des Weltraums fand sich einfach kein passender Planet. Hier gab es nur trostlose Steinhaufen auf denen sich das Leben weigerte Fuß zu fassen.

Ein Planet wird entdeckt

Gerade als sich Ben Miller darüber den Kopf zerbrach, ob es nicht besser wäre sein Leben und das seiner Gemahlin mit einem Kopfschuss zu beenden, begann es am Kontrollpult des Ortungsspezialisten Ian Butler heftig zu Blinken. »Was gibt es, Ian?«, fragte er mit neu aufflammender Hoffnung. Statt einer Antwort brummte der fast zwei Meter große Mann nur laut vor sich hin, was er immer tat wenn er angestrengt nachdachte. »Gleich krieg ich 'ne Krise«, grollte Ben ungewohnt bissig. Doch Ian Butler schien das nicht zu stören. Er war einer der wenigen erfahrenen Raumfahrer an Bord und wollte sich bei seinen wichtigen Überlegungen nicht stören lassen. »Nun mach schon und gib mir verflucht noch Mal eine Auskunft«, keifte Ben den großen Mann ungewohnt bösartig an. Ein derartiges Verhalten, Aufbrausend und Aggressiv, kannten seine Mitarbeiter nicht von ihm. Erschrocken blickte Ian auf, der Ben nur als freundlichen Vorgesetzten mit großer Kompetenz kannte. Trotzdem blieb er ruhig und konterte gelassen: »Nur wenn du mich in Ruhe meine Arbeit machen lässt. Ich muss zuerst die eingehenden Daten analysieren.« Sichtlich verlegen murmelte der gewählte Anführer: »Verzeihung, Ian - war nicht so gemeint.« »Schon gut, Ben, wir befinden uns ja auch in einer wirklich üblen Situation.« Jetzt wurden auch die restlichen Leute auf der Brücke auf die Beiden aufmerksam, darunter die Biologin Silvia Bergmann, die sich auf extraterrestrisches Leben spezialisiert hatte. »Da kommen aber eine Menge Daten rein«, stellte sie mit einem Blick auf Ian's Konsole fest. »Wenn ich mich nicht täusche, deuten die Werte auf höhere Lebensformen in diesem Sonnensystem hin.« »Das ist richtig«, nuschelte der konzentriert arbeitende Ortungsspezialist, »aber es ist noch lange kein Hinweis darauf, das der entsprechende Planet auch eine für uns geeignete Atmosphäre trägt.« Ben wurde hellhörig. Ihre Chancen hatten sich schlagartig verbessert, denn auf über 50 Prozent der Planeten die Leben trugen, gab es erdähnliche Lufthüllen. Ohne weitere Informationen abzuwarten resümierte er daher: »Ich glaube kaum, dass wir eine große Auswahl haben. Wir müssen versuchen mit den Korrekturdüsen diese Welt zu erreichen – und das wird schon schwer genug.« Für die noch kurz zuvor völlig deprimierten Leute auf der Brücke, begann sich am düsteren Schicksalshorizont ein zarter Schimmer der Hoffnung zu etablieren. Auch Ben dachte, dass es besser sei, den angebotenen Strohhalm zu ergreifen, als Sang und Klanglos unterzugehen. Sich der prekären Lage vollkommen bewusst, entgegnete der Ortungsspezialist sarkastisch: »Ich habe keine Einwände, Ben.« »Dann ist ja alles klar«, kommentierte der Schiffsführer die Aussage des Hünen mit leichtem Lächeln und verhaltenem Optimismus. »Setzen wir Kurs in Richtung dieser namenlosen Welt.« »Wir sollten den Planeten „Letzte Hoffnung" nennen«, wagte jemand leise vorzuschlagen. Trocken meinte Ben: »Darüber können wir uns immer noch streiten, wenn wir angekommen sind.« Mit neu entflammtem Eifer stürzten sich die Frauen und Männer auf der Brücke in die Arbeit. Die Verzweiflung der letzten Stunden war wie weggeblasen. Alle wollten ihren Beitrag leisten. Auch wenn sich der Planet als nicht geeignet herausstellen sollte, wollten sie lieber bei einem Absturz einen schnellen Tot erleiden, als qualvoll zu ersticken. Da die Korrekturdüsen von ihrer Kapazität her begrenzt waren, ließen sie den Transporter den größten Teil der Strecke zum Zielplaneten treiben. Das geschah mit quälender Langsamkeit. Gerne hätten sie die Aggregate noch stärker eingesetzt, um schneller an ihr Ziel zu gelangen, doch wollten sie keinen Ausfall riskieren. Ihre volle Leistung wurde noch für die Landung gebraucht, denn ohne die einfachen Maschinen würde das klapprige Raumschiff schon in den oberen Schichten der Atmosphäre verglühen. Deshalb zogen sie es vor, sich in Geduld zu üben. Nach zwei Tagen war es endlich soweit. Vor ihnen schälte sich der anvisierte Himmelskörper aus dem samtenen Schwarz des Weltraums. Erste Messergebnisse von vorher ausgesandten Sonden, bestätigten den hoffnungsvollen Anfangsverdacht. Der Planet war eindeutig eine Sauerstoffwelt mit einer vielfältigen Flora und Fauna. Es gab sogar vereiste Polkappen. Der Abstand zur Sonne stimmte und ein Mond sorgte für eine gleichmäßige Rotation. Der einzige Minuspunkt war die Schwerkraft. Sie lag um ein Drittel höher als auf der Erde. Doch damit konnten sie leben. Das ursprüngliche Ziel, eine neue Welt zu entdecken, war endlich erreicht. Nun musste sie nur noch besiedelt werden. Die Stimmung innerhalb der Führungscrew war fast schon euphorisch. »Ich denke, wir sollten jetzt allen Leuten an Bord ein paar schöne Bilder gönnen«, bemerkte Ian Butler an Ben gewandt. Lächelnd erwiderte der Angesprochene: »Das Risiko kann ich eingehen.« Es dauerte nicht lange und an den in gleichmäßigen Abständen angebrachten Monitoren im Schiff bildeten sich regelrechte Menschentrauben. Beim Anblick der lebensrettenden Welt brach ein wahrer Begeisterungstaumel aus. Selbst Zeitgenossen, die sich im Normalfall lieber aus dem Weg gingen, fielen sich freudestrahlend in die Arme. Der ungeheure Druck, der während der monatelangen Odyssee auf ihnen gelastet hatte, fiel plötzlich von ihnen ab. Mit feuchten Augen betrachteten sie die ersten Bilder eines fremden Planeten, der zu ihrer neuen Heimat werden sollte. Manches wirkte vertraut, anderes hingegen vollkommen fremd. Auf jedem Fall war es ein Himmelskörper mit einem markanten Erscheinungsbild. Wie ein gigantischer Gürtel umschloss ein Kontinent im Äquatorialbereich fast vollständig die gesamte Welt. Erst beim genaueren Hinsehen bemerkte man an den schmalsten Stellen Durchbrüche, wo sich die Ozeane des Nordens und des Südens trafen. Die gigantische Landmasse löste sich Beidseitig in Tausende größere und kleinere Inseln auf. »Was für ein Paradies«, hauchte Silvia entzückt. »Abwarten«, brummte Ian trocken. »Wer weiß mit welchem Appetit die heimische Fauna auf uns reagieren wird.« Krampfhaft unterdrückte Ben einen Heiterkeitsausbruch. Immer wieder wurde die engelsgleiche Silvia ein Opfer von Ian's bissigem Humor. Allerdings hatte er den großen Mann in Verdacht, ein Auge auf das schöne Geschöpf geworfen zu haben. »Dann brauchst du ja keine Angst zu haben«, konterte die grazile Dame, mit dem hüftlangen Goldhaar. »Bei deinem aggressiven Auftreten geraten sogar die wildesten Raubsaurier in Panik.« »Eins zu null für die Prinzessin«, lachte jetzt der studierte Astrophysiker und entblößte dabei seine makellosen Zähne. Die Sticheleien der beiden missachtend fragte Eva Cortez aufgeregt: »Wann werden wir landen?« »Das kann noch eine Weile dauern«, antwortete ihr Ben. »Aktuell liegen noch nicht genügend Informationen für eine geeignete Landestelle vor. Außerdem müssen die klimatischen Bedingungen stimmen und es sollte fruchtbarer Boden vorhanden sein. Denn wenn wir erst mal unten sind, geht mit diesem Wrack nichts mehr.« Nachdenklich stand sie vor dem großen Panoramafenster der Zentrale. Verheißungsvoll füllte der Zielplanet wie ein riesiger blaugrüner Ball das gesamte Sichtfeld aus. Sein Gravitationsfeld hatte den metallenen Besucher von einem anderen Stern schon längst eingefangen und würde ihn nicht mehr freigeben. Eva war eine ausgezeichnete Meteorologin und hatte sich als Klimaforscherin einen Namen gemacht. Auf dem Schiff war die temperamentvolle Frau auch wegen ihrer stets guten Laune bekannt, weshalb sie sich großer Beliebtheit erfreute. Nun aber trug sie eine traurige Miene zu Schau. Bedrückt fragte sie: »Du meinst, dann hängen wir auf dieser Welt fest?« »Da es unwahrscheinlich ist, die Triebwerke jemals wieder in Gang zu setzten, kann ich deine Frage nur mit einem eindeutigen ja beantworten.« Die Meteorologin musste schlucken. Erst jetzt wurde ihr die ganze Tragweite ihrer Lage bewusst. Abseits von allen bekannten Schiffsrouten würde sie wohl den Rest ihres Lebens auf der fremden Welt verbringen. Die Möglichkeit, ihre geliebte Schwester, die auf Kreta-Prime wohnte, jemals wieder zu sehen, war auf den Nullpunkt gesungen. Sachlich erklärte ihr Ben: »Selbst wenn uns eine sanfte Landung gelingen sollte, es fehlen uns schlichtweg die Mittel, um die Schäden an und in der Space-Truck 3009 zu beheben.« Mit bitterer Melancholie flüsterte die Meteorologin bekümmert: »Nun habe ich auch noch meine Schwester verloren. Ein hoher Preis für eine zweifelhafte Zukunft.« Ben Miller nickte beiläufig. Er hätte Eva gerne mit tröstenden Worten aufgeheitert, doch gab es für ihn noch sehr viel zu tun. Bevor das stark beschädigte Schiff zur Landung ansetzen konnte, musste für die Sicherheit der vielen tausend Auswanderer an Bord gesorgt werden. Als erstes ordnete er an, alle losen Gegenstände so zu verstauen, dass sie auch nach einem harten Absturz nicht zu Bruch gingen, oder was noch schlimmer war, als gefährliche Projektile durch die Gegend schossen. Des Weiteren befahl er, alle scharfen Ecken und Kanten, in den Räumen wo sich Menschen und Tiere aufhielten, mit Polster zu versehen oder abzuschleifen. Froh darüber, endlich etwas tun zu können, stürzten sich die Emigranten in die Arbeit. Richtig zufrieden war Ben nicht, denn in den Schlafkojen, wo sich die Menschen während der Landung aufhalten sollten, gewährten nur provisorische Sicherheitsgurte einen minimalen Schutz. Noch schlechter stand es um die mitgeführten Tiere im Schiff. An ihren Plätzen festgezurrt konnten nur dicke Kunststoffmatten den zu erwartenden harten Aufprall abmildern, denn für eine weiche Landung, das war jedem erfahrenen Raumfahrer bewusst, waren die Steuerdüsen einfach zu schwach. Vierundzwanzig Stunden später fand sich der gesamte Führungsstab in der Zentrale ein. Alle wichtigen Arbeiten waren abgeschlossen. Nun richteten sich die Augenpaare auf Ben. Die große Anspannung der Leute war fast körperlich zu spüren, denn sie wussten, es nahte der entscheidende Augenblick. Doch der schwierigste Teil lag noch vor ihnen. »Leute, es ist soweit«, gab Ben Miller mit ruhiger Stimme bekannt. »Wenn wir in wenigen Minuten auf die Atmosphäre treffen, wird sich zeigen wie stabil der fliegenden Schrotthaufen noch ist. Unsere Chancen sind nicht gerade überragend, aber auch nicht ganz schlecht. Haben wir diese Hürde genommen, steht uns ein sehr ruppiger Flug bevor, denn das Schiff besitzt keinerlei aerodynamische Flugeigenschaften. Doch das ist unser geringstes Problem. Der eigentliche Hammer kommt erst noch.« »Von welchem Hammer redest du?«, fragte Eva Cortez sichtlich irritiert. Ben verzog sein Gesicht zu einem schmerzlichen Lächeln und deutete mit den Händen einen Aufprall an. »Uns steht eine wirklich harte Landung bevor. Die Wahrscheinlichkeit dabei draufzugehen ist ziemlich hoch.« »Ist das alles?«, stöhnte Silvia Bergmann mit ihrer glockenhellen Stimme erschrocken. »Nicht ganz. Ich habe auch noch eine gute Nachricht für euch.« »Dann lass mal hören?«, flötete die Biologin erfreut. Ben grinste boshaft und erklärte süffisant: »Keiner von uns braucht sein Testament zu machen, denn wenn die Landung schiefgeht, gibt's ohnehin nichts mehr zu vererben.« »Vielen Dank für deinen ätzenden Sarkasmus am Schluss der genialen Rede«, feuerte nun Silvia verbal zurück. »Das trägt erheblich zur Verbesserung der allgemeinen Laune bei.« Ben nahm schmunzelnd seinen Platz ein und sicherte sich so gut wie möglich mit einem provisorischen Gurt am Pilotensessel. Wenn er schon draufgehen sollte, dann wenigstens mit Haltung. Auch die anderen hatten an ihren Stationen Sicherheitsvorkehrungen getroffen. Nichts konnte ihre Hoffnung trüben. In den Gesichtern war eine trotzige Zuversicht zu erkennen. Das gleiche galt auch für die Auswanderer, die provisorisch gesichert, in ihren engen Kabinen im Frachtraum ausharren mussten. Die meisten hingen ihren Gedanken nach, nur die Religiösen störten durch lautes Beten und ekstatische Gesänge die besinnliche Ruhe. Die Anziehungskraft des Planeten beschleunigte die Space-Truck 3009 stärker als erwartet. Rasend stürzte der unförmige Metallkasten der Atmosphäre entgegen. Als die letzten Sekunden anbrachen, schien sich die Zeit in eine zähflüssige Substanz zu verwandeln. Das Universum hielt für einen kurzen Moment inne. Dann traf der kastenförmige Transporter mit seiner empfindlichen Fracht in einem sehr spitzen Winkel auf die Lufthülle des Planeten. Es krachte vernehmlich. Auf der Brücke wurden alle hart in ihre Sitze gepresst. Kurz darauf erklang ein schauriges Heulen und Kreischen, dass sich anhörte, als sei ein Heer gepeinigter Seelen aus den Glutöfen der römisch-katholischen Hölle ausgebrochen. Vielleicht, so dachte sich Ben, weinte auch nur das Schiff, weil es wusste, dass ihm ein unrühmliches Ende bevorstand. Die Anziehungskraft hatte das Raumschiff nun vollständig im Griff. Das Leben aller an Bord hing jetzt tatsächlich an dem oft zitierten und verdammt dünnen seidenen Faden. Ben Miller wusste, wie leicht der reißen konnte. Mit fieberhafter Hast aktivierte er die Bremsdüsen. Keinen Augenblick zu früh, den mittlerweile begannen sich schon erste Teile der Schutzpanzerung vom Schiffsrumpf zu lösen. Der alte Erzfrachter war nur mit größter Mühe auf der geplanten Flugbahn zu halten und bockte zeitweise wie ein wilder Mustang während eines Rodeos. Ein Plateau auf einer Halbinsel, das sich als rötlich brauner Fleck inmitten einer grünen Ebene erhob, war mit einstimmiger Mehrheit als Landeziel auserkoren worden. Klimatisch in einer gemäßigten Zone gelegen, bildete die Erhebung einen idealen Ort, um eine Kolonie zu gründen. Nur wenige Kilometer entfernt brandeten Wellen des Meeres in eine malerische Bucht, die einem Reisekatalog entsprungen schien. Sie bot sich geradezu als windgeschützter Naturhafen an. Man wollte, sollten die heimischen Meeresfrüchte genießbar sein, auch Fischfang betreiben. Vorsorglich mitgeführte Nutztiere wie Rinder, Schweine, Hühner, Gänse und Schafe - zumeist robuste Rassen - waren als Grundlage ihrer zukünftigen Ernährung gedacht. Es gab sogar Pferde an Bord. Die sollten aber nicht zu Salami verarbeitet werden, sondern als Reittiere dienen. Natürlich besaßen sie auch einen Fuhrpark. Doch gab es die Fahrzeuge nicht in der benötigten Anzahl und in dem Zustand wie sie wirklich benötigt wurden. Zumeist waren es ausrangierte Vehikel aus alten Militärbeständen. Ben hatte sie günstig erworben. Wie lange die museumsreifen Teile tatsächlich noch genutzt werden konnten, stand allerdings in den Sternen. Dagegen hatten sich die sensiblen vierbeinigen Sattelträger schon auf vielen Planeten als sichere Alternative zur schnöden Technik erwiesen. An den entsprechend penetranten Geruch aus den Stallungen, denen sich niemand entziehen konnte, hatten sich die Leute während der langen Monate an Bord gewöhnt.

Allerdings verströmten auch die Auswanderer, aufgrund mangelnder Hygiene, einen unappetitlichen Geruch. Sex war deshalb an Bord nie ein Thema gewesen. Hier war in den letzte Monaten tatsächlich das Zölibat gelebt worden. Aber in dem fliegenden Schweinestall kamen ohnehin keine erotischen Gedanken auf. Man konnte getrost davon sprechen, dass eine irdische Stinkbombe, im Anflug auf einen noch unschuldigen Planeten war.

Die Bruchlandung

Eric McLaren, der Chefingenieur an Bord, beobachtete argwöhnisch, aber durchaus zufrieden, die Anzeigen der schwachen Nottreibwerke. Die kleinen Steuerdüsen mussten Schwerstarbeit leisten, um die gigantische Space-Truck 3009 halbwegs sicher auf Kurs zu halten. Dennoch liefen die einfachen aber robusten Triebwerke mit voller Kapazität und ohne Ermüdungserscheinungen. Der Ingenieur war sich sicher, dass kein Ausfall drohte. Keiner kannte das Schiff besser als er. McLaren überzeugte mit selbstsicherem Auftreten, war hager aber muskulös und von beeindruckender Durchsetzungskraft. Seine stahlgrauen Augen schienen immer leicht melancholisch in die Ferne zu blicken. Schon aus Prinzip glaubte er nicht daran, heute sterben zu müssen. Auf sein Betreiben hin, waren von Anfang an viele Schwachpunkte der Außenhülle durch zusätzliche Verstrebungen gesichert worden. Es hatte viele Einsprüche gegeben, weil sich dadurch die Reparaturkosten des Transporters drastisch erhöht hatten. Doch mit Hilfe von Ben war es ihm gelungen, die meist technisch unbedarften Kritiker, von seinem auf Wissen begründeten Standpunkt zu überzeugen. Jetzt zahlte sich seine Arbeit aus. Die Struktur des rostigen Sternenspringers hielt. Nur den Steuerdüsen stand die eigentliche Belastungsprobe noch bevor.

»Ich schalte gleich Gegenschub«, meldete sich Ben mit einem fatalistischen Grinsen im Gesicht. »Sollte etwas schief gehen, bitte denkt daran – no Risk no Fun!« Während Eva Cortez sich verzweifelte fragte, welches Grass Ben gerade geraucht hatte, reagiert Ian mit einem dröhnenden Lachen. »Keine Panik, Freunde«, meldete sich Eric McLaren von seinem Platz aus, »es wird keine Probleme geben, zumindest wenn es nach meinem Willen geht.« Kaum war das letzte Wort von Eric verklungen, da betätigte Ben den Schalthebel. Ein harter Ruck ging durch die riesige Kiste aus Stahl. Es fühlte sich an, als hätte man einen Sportwagen bei voller Geschwindigkeit brutal abgebremst. Für ein solches Manöver war der alte Erzfrachter eigentlich nicht ausgelegt. Das zeigte sich jetzt an einigen heftig blinkenden Warnleuchten. »Die Steuerdüsen laufen auf Maximalleistung und hart im roten Bereich«, informierte Eric seinen Freund Ben, wischte sich mit einem alten Baumwolllappen einen dünnen Schweißfilm von der Stirn und grinste schräg. Viele ängstliche Augenpaare blickte ihm zweifelnd entgegen und hofften zugleich inbrünstig, dass die überlasteten Maschinen standhielten. Leise frage Ben: »Werden wir es nach unten schaffen?« McLaren lächelte leicht verzerrt und presste zwischen seinen Lippen hervor: »Die Götter sagen nein, ich sage ja.« »Hast du keine bessere Antwort für mich?« »Nicht unbedingt«, kicherte Eric verhalten. »Es ist wie im Glücksspiel. Wenn nur eine Düsen ausfällt, haben wir....« »Was haben wir dann...?« »....die Goldene Arschkarte gezogen«, beendete McLaren mit einem spöttischen Grinsen den Satz. »So genau hatte ich es nicht wissen wollen, Eric. Eine Lüge hätte es auch getan.« Die Schwerkraft des Planeten und die viel zu hohe Geschwindigkeit, mit der das Schiff in der Lufthülle unterwegs war, begannen nun ihren Tribut zu fordern. Das überbeanspruchte Material der Konstruktion reagierte auf die

Extrembelastung mit einem dissonant spielenden Orchester, dass mit satanischen Klängen aufwartete. Ein Horror für jeden Liebhaber anspruchsvoller Kompositionen. Eine wirklich sardonisch Begleitmusik für den letzten Gang, dachte Ben angespannt, während seine Hände krampfhaft die Lehnen seines Sitzes umfassten. Für spirituell veranlagte Menschen, resümierte er mit einer gewissen Schadenfreude, klang es wie ein Heer von Totengeistern, das sich zur letzte Schlacht stellte. Rational denkende Gemüter, mit technischem Hintergrundwissen, erkannten dagegen an den Geräuschen, dass sich der Transporter noch immer gegen die auf ihn einwirkenden Kräfte wehrte. Ganz andere Sorgen, dass wusste Ben, quälten Auswanderer mit Nachwuchs. Eingezwängt in viel zu enge Verschläge, versuchten sie ihre weinenden Kinder zu beruhigen. Sie erlebten mit Sicherheit die schlimmsten Minuten ihres Lebens. Es war der real gewordenen Albtraum aller Eltern. Der fliegende Stahlkoloss gebärdete sich wie ein lebendiges Wesen, das auf einer Folterbank malträtiert, in seiner Pein wie wild um sich schlug. Als sei der Kahn eine wahnsinnig gewordene Furie, die ihre schrecklichen Qualen in die ihm unbekannte Welt hinaus brüllte. Alles deutete darauf hin, dass die stählerne Kiste seine Insassen mit in das Verderben reißen würde. Spontan schlossen die Frommen an Bord mit ihrem Leben ab und baten für alle Sünden, die sie jemals begangen hatten, ihren Gott um Vergebung. Nur ganz Hoffnungsvollen glaubten noch daran, die Bruchlandung zu überleben. »Das war zu erwarten«, knurrte Eric beiläufig. Er bezog sich auf die Horrormusik des Schiffes. »Aber macht euch jetzt nicht in die Hosen. Ohne meine Verstrebungen wäre die Schrottlaube schon längst auseinander gebrochen.« Auf den Anzeigen des Chefingenieurs war zu erkennen, dass die überlasteten Steuerdüsen nicht mehr lange durchhalten würden. Der Stahlkoloss wand sich immer stärker. Erste Streben brachen berstend und rissen großflächige Löcher in die Außenhülle. Eric hatte damit gerechnet und blieb daher vollkommen ruhig. Ben hingegen, hatte fast Mitleid mit dem alten Haufen verrotteter Technik, der sich mit aller Kraft gegen sein unvermeidliches Ende wehrte. »Werden wir sterben?«, hauchte Silvia ängstlich im Hintergrund. »Nein Baby, nicht solange ich es verhindern kann«, antwortete ihr Ian breit lächelnd und einem frechen Augenzwingern. Trotz ihrer prekären Situation blickte Ben für einen kurzen Moment erstaunt in Richtung des Ortungsspezialisten. »Was ist?«, brummte der verlegen, »du weißt doch das ich in Silvia verknallt bin.« »Ich habe es geahnt«, stöhnte Eric an seinem Platz und fasste sich an den Kopf, »der Knabe denkt sogar im Angesicht des Todes nur an das weibliche Geschlecht.« Als Ben seine Anzeigen wieder in Augenschein nahm, verschwand die Heiterkeit schlagartig aus seinem Gesicht. Bitterlich fluchte er: »Wir kommen viel zu schnell herunter, viel schneller als ich es errechnet hatte.« Ohne lange darüber nachzudenken, löste Ian den Alarm mit der höchsten Prioritätsstufe aus und brüllte in die Rundrufanlage: »Sofort die Decks 0 bis 2 räumen. Nehmt nur das Notwendigste mit. Der Kahn wird in spätestens 10 Minuten auf die Oberfläche knallen, dann sind dort unten die Überlebenschancen gleich Null.« Einem glühendem Dämon gleich, dessen feuriger Schweif den Nachthimmel erhellte, stürzte das Auswandererschiff dem Planeten entgegen. Etwa zur selben Zeit saß auf dem höchsten Gipfel eines mächtigen Gebirgszuges ein uraltes Wesen von gewaltiger Größe und beobachtete mit klugen goldfarbenen Augen fasziniert das Wunder am nächtlichen Firmament. Steine die vom Himmel fielen, das wusste er, korrigierten nicht ihre Flugbahn. Schickte das Schicksal ein Zeichen, dass die Zeitenwende einläuten sollte? Kamen jetzt die Retter, wie es die uralten Legenden berichteten? Ein klammer Hoffnungsfunken schlich sich in das Gemüt der einheimischen Intelligenz. Der ausgediente Frachter stürzte seinem Zielpunkt mit fast chirurgischer Präzision entgegen. Ben aktivierte die am Bauch des Frachters angebrachten Luftkissen. Eine simple Lösung, die für eine Notlandung vorgesehen war und ohne aufwendige Technik auskam. Das war eine reine Routinehandlung, denn er blieb pessimistisch was ihre Wirkung betraf. Der hitzebeständige Kunststoff, aus dem die gigantischen Airbags bestanden, hatte seine Haltbarkeit schon um einige Jahrzehnte überschritten. Umso erstaunter war er, als ein Kontrollmonitor die volle Funktionsfähigkeit der Luftkissen anzeigte. »Entweder erlaubt sich das Schicksal einen makaberen Scherz mit uns, oder es besteht doch noch Hoffnung«, murmelte er angespannt in seinen Bart. »Was Ben, was hast du gesagt?«, hörte er Eric noch rufen. Statt einer Antwort befahl Ben aufgeregt: »Halt dich fest und bleib am Leben. Wir schlagen gleich auf.« Kaum hatte er den Satz zu Ende gesprochen, als die Space-Truck 3009 auf das Plateau krachte. Unter der Wucht des Aufpralls platzten die alten Luftkissen. Es klang wie das Donnern mächtiger Schiffsgeschütze aus dem Zweiten Weltkrieg. Der infernalische Lärm verkündeten mit unangenehmer Intensität, die Ankunft der erste Menschen auf dem Planeten an. Das zeitgleiche Bersten der Landebeine wurde dadurch vollkommen übertönt. Mit immer noch sehr hohem Tempo schlitterte der gigantische Erzfrachter über die Hochebene und wirbelte dabei tonnenweise rötlich schimmernden Staub auf. Dabei zog der stählerne Riese eine lange tiefe Furche in die fast plane Ebene des Hochlandes. Erst eine seltsam wirkende Ansammlung steil aufragender Felsen, die wie gigantische Raubtierzähne aus dem Boden ragten, vermochten die Höllenfahrt des Riesentransporters zu stoppen. Als sich einige Minuten später der Staub gelegt hatte, war das Wrack farblich von seiner Umgebung kaum noch zu unterscheiden. Eine hässliche Missgeburt, die direkt aus den finstersten Tiefen der Verdammnis gekommen war, um die makellose Schönheit der Ebene, mit einem hässlichen Ausrufezeichen zu versehen. Sicherlich, das überraschende Erscheinen des von den Sternen kommende Berges aus Stahl war ungewöhnlich und spektakulär, doch ähnlich wie der feurige Sturz eines Asteroiden, der aus der Schwärze des Weltraums kommend, den Planeten mit hoher Zerstörungskraft traf, nur ein Ereignis unter vielen, in der langen Geschichte dieser Welt. Ben lag eingeklemmt zwischen der Steuerkonsole und seinem Sitz. Alles tat ihm weh. Sein Körper fühlte sich an, als sei er von einer ganzen Horde sadistisch veranlagter Schläger verprügelt worden. Jeder Atemzug schmerzte. Aber Jammern half ihm in der augenblicklichen Situation nicht weiter. Stöhnend riss er sich zusammen und rief nach Eric. Verwundert registrierte er, das er seine Stimme nicht hören konnte. Mürrisch schüttelte er den Kopf und schimpfte wie ein Rohrspatz über diese Behinderung. Es dauerte eine ganze Weile bis ihm klar wurde, dass der Knall der geplatzten Luftkissen eine kurzfristige Taubheit bei ihm und wahrscheinlich auch bei allen anderen an Bord hervorgerufen hatte. Stöhnend richtet er sich auf und schaute sich um. Keine zwei Meter entfernt stand Eric, dessen Allgemeinzustand auch nicht besser war als der seinige. Mit einem schmerzverzerrten Grinsen deutete er ihm an, dass sie sich vorerst über die Zeichensprache verständigen mussten. Schnell verschaffte er sich einen Überblick über den Allgemeinzustand des Schiffes und seiner Insassen. Größere Verletzungen hatte es unter den Mitgliedern seiner Führungscrew nicht gegeben. Allerdings gab es keinen, der nicht von irgendwelchen schmerzhaften Blessuren gezeichnet war. Schnell wirkende Schmerztabletten musste aber vorerst ausreichen, um die ärgste Pein zu lindern.

Viel dringlicher war es jetzt, ein Notlazarett einzurichten, da er befürchtete, dass es bei den Auswanderern in den unteren Bereichen des Frachtschiffes zahllose Schwerverletzte zu beklagen gab. Vermutlich gab es auch Tote, aber den Gedanken schloss Ben schnell aus. Zum Glück hielt der Zustand der Gehörlosigkeit nicht lange an. Schon nach wenigen Minuten nahm Ben erste Geräusche wahr. Zuerst kaum merklich, dann aber immer deutlicher hörte er den vertrauten Bass von Ian brummen. Der stand leise fluchend vor seiner Konsole, die durch den Aufprall zum Teil aus ihrer Verankerung gerissen worden war. Er versuchte aus den noch funktionierenden Anzeigen, brauchbare Daten zu erhalten. Wie es aussah, waren die Leitungen größtenteils noch intakt. »Kannst du mir einen Zustandsbericht geben?«, wollte er von ihm wissen. Ohne auf die Frage einzugehen monierte der Ortungsspezialist stattdessen: »Ben, wir müssen sofort Rettungstrupps zusammenstellen. Es werden laufend Notsignale aus den verschiedenen Schiffssektoren an die Zentrale geschickt.« »Wie sieht es in den unteren Abschnitten aus?« Ian schaute kurz auf die Kontrollen und murmelte dann verwundert: »Dort ist noch alles intakt.« »Wenn es Wunder gibt, dann ist das eins«, lachte der Schiffsführer rau. »Mehr als das«, bestätigte Ian seine Vermutung, »denn dort lagern auch einige Kisten, deren Inhalte überlebenswichtig für uns sind.

Die Überraschung

Seine eigenen Blessuren missachtend rappelte sich Ben Miller auf. Er benötigte unbedingt einen Überblick über den Allgemeinzustand des Frachters und die Anzahl der Verletzten. Die von ihm aufgebaute Kommandostruktur funktionierte einwandfrei. Überall wo er hinkam hellten sich die Gesichter auf. Die Leute freuten sich darüber, das es jemanden gab, der wusste was zu tun war. Seine Anweisungen wurden widerspruchslos ausgeführt. Natürlich hatte ihm die lange Reise auch die Zeit verschafft, potenzielle Nörgler und Unruhestifter aus wichtigen Positionen zu entfernen. Gerade in einer Notsituation wie dieser, zeigte sich schnell, dass ein funktionierender Apparat Menschenleben retten konnte. Als alter Idealist hoffte er auf eine geringe Anzahl von Verletzten. Große Verluste an Menschenleben konnte sich ihre kleine Gemeinschaft nicht leisten. Bei ihrem beschränkten Gen-Pool bestand auf Dauer die Gefahr der Inzucht. Auf eine solche Nachkommenschaft konnte und wollte er gerne verzichten. Eine ähnliche Bagage tollwütiger Irrer mit Adelstitel, hatte ja einst auf der Erde, mithilfe habgieriger Großindustrieller, den Ersten Weltkrieg ausgelöst. »Ian, könntest du bitte die Medikamentenausgabe im Notlazarett überwachen«, fragte er seinen Freund. »Du weißt doch, wie großzügig unsere Mediziner damit umgehen und darüber hinaus vielleicht vergessen, wie gering unser Vorrat ist.« »Lass mich zuerst die großen Kisten in Frachtraum Nr. 5 überprüfen. Wenn die heil sind, kann den Verletzten besser geholfen werden als du dir vorstellen kannst.« Ben lachte. »Es wäre ein Wunder wenn die alten Lazarett-Fahrzeuge, die du für viel Geld gekauft hast, den Absturz ohne Schaden überstanden haben. Wie mit dem antiken Material den Verletzten besser geholfen werden kann, ist mir ein Rätsel.« »Abwarten und Tee trinken, Ben. Lass dich überraschen.« »Gut, mach schon, aber beeile dich.« Ohne zu Zögern kontaktierte Ian einige Leute über die Bordkommunikation. Es waren Männer, die er noch aus seiner Militärzeit kannte. Sie hatten alle unter ihm gedient und waren extrem zuverlässig. Obwohl die ehemals niedrigen Ränge kaum über Vermögen verfügten, waren sie auf Butlers Empfehlung hin in die Gemeinschaft der Auswanderer aufgenommen worden. Schon beim Instand setzten des Frachtschiffes hatte sich Ian's

Rat mehr als bezahlt gemacht, denn die Männer waren fast alle als Techniker ausgebildet und in der Lage, selbst komplizierte Reparaturen am Schiff auszuführen. Im Frachtraum angekommen fingen sie unverzüglich an, eine der größten Frachtkisten zu öffnen. Doch anstatt eines alten und heruntergekommenen Lazarett-Lkws für Planeteneinsätze, schimmerte ihnen die rot-weiße Lackierung einer nagelneuen mobilen Klinikeinheit entgegen. Routiniert und professionell überprüften die einstigen Soldaten die technische Einrichtung des Fahrzeuges. Mit zufriedenem Gesicht nahm Ian Butler nach nur 10 Minuten den Rapport seiner Leute entgegen und kontaktierte kurz darauf den Schiffsführer. »Ben, schicke ein Ärzteteam und die Verletzten in Frachtraum Nr. 5 und nicht in das bordeigene Schlachthaus.« Eine viertel Stunde später stand Ben neben seinem Freund und meinte nur: »Du bist ein verrückter Hund. Ich hätte mir garantiert vor Angst in die Hosen gemacht, wenn ich gewusst hätte, dass du eine gestohlene Klinik-Einheit an Bord geschmuggelt hast.« »Was heißt hier eine gestohlene Klinik-Einheit«, korrigierte ihn Ian grinsend. »Es befindet sich noch eine weitere an Bord und dazu mehrere Kampfwagen der neusten Baureihe. Die kleineren Kisten dort hinten recht
s
sind vollgefüllt mit den teuersten Medikamenten, die man zurzeit auf der Erde bekommen kann. Ursprünglich waren sie für eine Bonzen-Klinik auf Helios-Prime gedacht. In der Zwischenzeit haben die sich bestimmt schon neue bestellt.« Schwindel erfasste Ben. Militärfahrzeuge? Bei solchen Vergehen kannte die Justiz auf der Erde keine Gnade. Ian hatte mit dem Leben von sechseinhalb tausend Menschen gespielt. Wäre der Diebstahl herausgekommen, hätten die Richter mit Sicherheit alle Auswanderungswilligen, die für die Space-Truck 3009 bezahlt hatten, liquidieren lassen. Da kannten sie keine Gnade. Na-

türlich auch Frauen und Kinder. Schuld oder Unschuld spielte dabei keine Rolle. Die Leichen solcher stattlich angeordneter Massenmorde wurden in aller Regel zu Tierfutter verarbeitet. Er selbst hatte öfters mit ansehen müssen, wie Justizmitarbeiter, Behälter mit verstümmelten menschlichen Leichen, als Tiernahrung deklariert hatten. Das neue Regime vergab selbst für kleinste Vergehen Drakonische Strafen. Wilder Zorn loderte in den Augen von Ben Miller auf. Butler war zu weit gegangen. Einer Eruption gleich entluden sich der ganze Frust und die Anspannungen der letzten Monate in einem unkontrollierten Aufschrei. Rasend vor Wut sprang er Ian entgegen und wollte den Baumlangen Kerl an der Kehle packen. Bumm! Ein Hammerharter Faustschlag traf in mitten ins Gesicht. Wie ein vom Blitz getroffener Baum ging er zu Boden. Tränen schossen in seine Augen. Anschließend umkreisten viele lustige Sterne in farbenfrohen Bahnen seinen Kopf. Der Vorfall wurde von über fünfzig Augenpaaren beobachtet. Voller Entsetzen starrten sie auf die beginnende Auseinandersetzung. Keiner verstand, warum sich die Männer, die als gute Freunde bekannt waren, auf einmal prügeln wollten. »Beruhige dich endlich Ben«, knurrte der Zweimeter-Mann unwirsch den Anführer der Auswanderer an. »Gebrauche deinen Verstand und höre mir erst einmal zu!« »Dann leg los«, grollte der Getroffene sichtlich missgestimmt, schaute böse auf den Ortungsspezialisten und fasste sich an die blutige Nase. »Kannst du dich noch an den freundlichen Herrn erinnern, der uns von der Behörde für Auswanderer geschickt wurde?« »Ja, Jack Bullock, ohne seine großzügige Hilfe hätte wir nie die wichtigen Ersatzteile für das Haupttriebwerk bekommen.« »Der Typ war vom Geheimdienst.« »Was redest du da, drehst du jetzt vollkommen durch?« »Nein, ich habe Ton und Bildaufnahmen, die meine Behauptung beweisen.« »Und was willst du mir damit sagen?« »Seine Freundlichkeit hatte einen bestimmten Grund. Mittels der Ersatzteile wurden Sprengladungen an Bord geschmuggelt, die zwei Wochen nach unserem Abflug gezündet werden sollten.« »Warum?, das ergibt doch gar keinen Sinn. Es wäre doch wesentlich preisgünstiger für sie geworden, wenn sie uns alle gleich auf er Erde liquidiert hätten. Einige der Maschinen, die uns Bullock besorgt hatte, waren fast Neuwertig.« »Du hast dich noch nie für Politik interessiert«, stellte Ian Butler kopfschüttelnd fest, »sonst wärst du nicht so unglaublich naiv. Geld spielt für diese Leute überhaupt keine Rolle. Es geht ihnen um ganz andere Ziele.« »Dann klär mich bitte auf!« »Du hast doch bestimmt schon von Kreta-Prime gehört, der Welt auf der die Schwester von Eva Cortez zuhause ist.« »Ja natürlich, aber was haben die Kreter damit zu tun?« »Zuerst einmal gar nichts. Aber die Heimatwelt der Kreter ist reich an wertvollen Rohstoffen. Ihre Industrie expandiert und wirft riesige Gewinne ab. Zudem haben sie eine demokratisch gewählte Regierung. Das ist dem Regime auf der Erde schon lange ein Dorn im Auge.« »Ja, ja, dass ist mir durchaus bekannt. Vor unserem Abflug habe ich einige Artikel in der Presse über angebliche Angriffe der Kreter auf Emigranten-Schiffe von der Erde gelesen. Natürlich ist das barer Unsinn, denn…!« Ben verstummte mitten im Satz. Man konnte ihm direkt ansehen, wie es in seinem Gehirn arbeitete. Dann wurde er kreidebleich. Die Erkenntnis ließ ihn taumeln. »Jetzt verstehst du die Zusammenhänge«, bemerkte Ian. »Die Drecksäcke wollten also die Zerstörung der Space-Truck 3009 den Kretern anhängen, um einen Grund zu haben, einen blutigen Eroberungskrieg gegen sie zu starten.« »Ganz genau. Die militärische Überlegenheit der Erde ist so groß, dass eine solche Auseinandersetzung nur einen Sieger kennt«, vollendete Ian den Gedankengang seines Freundes, »doch zuerst will das Regime das patriotische Blut der einfachen Erdenbürger in Wallung bringen, damit sie mit stumpfsinnigem Heldenmut und naiver Begeisterung ihr Leben für die Schönen und Reichen opfern. Die Hinterbliebenen dürfen dann später die Namen der Gefallenen auf glänzenden Marmorstelen bewundern.« »Bei Gott, so ist es, so steht es in den Geschichtsbüchern und wird sich auf Grund der Lernresidenz und der typischen Borniertheit des gemeinen Volkes auch nie ändern«, konterte Ben sarkastisch. »Lästern sie nicht über unseren Herrn im Himmel«, hörten die Anwesenden die erzürnte Stimme von Pater Michael dröhnen. Er war der Anführer einer kleinen Fundamental-Christlichen Gemeinschaft an Bord, die es sich zum Ziel gemacht hatten, den Inhalt der Bibel bis in den letzten Winkel des Universums zu tragen. »Und warum nicht?«, wollte Ben wissen. »Er kann sie überall hören, selbst in diesem Teil der Milchstraße.« »Geht das schon wieder los«, stöhnte Ian übertrieben genervt. »Komm Ben, lass uns in die Zentrale gehen, um die nächsten Schritte zu planen. Die Ärzte und die Rettungsteams kommen hier auch ohne uns zurecht.« Gemeinsam stapften sie in Richtung Zentrale durch die nur schwach beleuchteten Flure und Korridore des Raumschiffes. »Jetzt verrate mir mal – wie bist du an den ganzen Krempel gekommen?«, fragte Ben nun etwas freundlicher gestimmt. Doch statt eine Antwort zu geben, stellte ihm Ian eine Gegenfrage: »Erinnerst du dich noch an die riesige Lagerhalle in der Nähe des Verwaltungsgebäudes?« »Aber natürlich, wie du weist habe ich mich über die extrem gesicherten Eingangstore gewundert.« »Und in diesem famosen Bau, mein Freund«, lachte Ian hämisch, »wurden die fahrbaren Klinik-Einheiten und die Kampfwagen zwischengelagert, um sie dann als kleine Geschenke an politischen Gesinnungsgenossen zu verschenken.« »Mit solchen Waffensystemen kann man doch ganze Welten ins Chaos stürzen?«, wunderte sich Ben bestürzt. »Aber natürlich«, bestätigte ihm der Ortungsspezialist die Frage, »mit Vorliebe werden sie an durchgeknallte Warlords verschenkt, damit sie möglichst viel Unheil anrichten können.« »Ich sehe keinen Sinn darin Verrückte mit modernen Vernichtungswaffen auszurüsten«, knurrte der Schiffsführer verunsichert. »Deren einzige Fähigkeit besteht doch darin, demokratisch gewählte Regierungen auf Kolonialwelten zu destabilisieren.« »Und genau deshalb werden die Kriegstreiber auch von der Privatregierung auf Terra so begeistert mit allen möglichen Mordinstrumenten unterstützt. Wenn das Chaos auf diesen Planeten unerträglich wird, rufen die betroffenen Bürger zumeist die Erde um Hilfe, die ihnen dann auch gewährt wird, mit der Folge…« »…das sie wieder dem Protektorat und dem Einfluss ihrer Retter unterstehen«, beendete Ben zerknirscht den Satz. »Du hast es erfasst.« »Und wie ist es dir gelungen in die gut gesicherte Lagerhalle einzubrechen?« »Mit Hilfe deines Freundes, Jack Bullock.« »Hat er dir etwa geholfen?« »Nein, nein, nicht wirklich«, lachte Ian schalkhaft. »Aber mit der Kopie seines Sicherheitsausweises gelangte ich mit meinen alten Kameraden ohne Probleme hinein.« »Ich habe immer gedacht die Dinger seien Fälschungssicher.« »Nicht für einen ehemaligen Militär, der oft mit Geheimdiensten zu tun hatte. Da lernt man viel fürs Leben, das kannst du mir glauben.« »Du alter Spitzbube«, lachte daraufhin Ben Miller, »vor dir muss man sich ja in Acht nehmen.« »Das sagte meine Mutter auch immer«, gab Ian grinsend zu.

Revolution der Geistlichen

Das nach der Landung kein ungeordnetes Chaos ausbrach, war dem Organisationstalent von Ben Miller zu verdanken. Vorausschauend hatte er schon Wochen vor dem Start der Space-Truck 3009, die Auswanderer in verschiedene Arbeitsgruppen aufgeteilt. Nun wusste jeder was er zu tun hatte. In Windeseile wurde ein Hospital errichtet, eine Großküche aufgebaut und ein Stall aus Fertigteilen für die Nutztiere aufgestellt. Sie schafften es sogar, eine provisorische Schule für die Kinder einzurichten. Auch die Sicherheit wurde nicht vernachlässigt. Eine Gruppe ehemaliger Raumsoldaten, ausschließlich Leute die Ian noch aus seine Dienstzeit kannte, sicherte das Gelände. Die Kampfwagen, die Ian besorgt hatte, blieben aber unter Verschluss. Ben beschloss das Vorhandensein dieser gefährlichen Waffensysteme, auf den Rat von Ian Butler, vorerst noch geheim halten. Noch gab es einzelne Gruppen innerhalb der Auswanderer, deren politischen und religiösen Vorstellungen er misstraute. Sollten sie von den Kampfwagen erfahren, und in der Folge versuchen sich ihrer zu bemächtigen, konnte es zu gefährlichen Spannungen kommen. Zuerst wollte er das Überleben aller auf dem Planeten sichern. Die Gemeinschaft sollte gefestigt sein, wenn er ihnen das Geheimnis offenbarte. Die allgemeine Stimmung unter den Leuten war gut, nur die religiös veranlagten Zeitgenossen störten die gute Laune, weil sie nun glaubten, mit vollem Eifer missionieren zu müssen. Ian Butler ahnte, dass diesbezüglich noch große Probleme auf sie zukommen würden. Er wusste, Ben war in diesen Dingen etwas Weltfremd veranlagt. Als wissenschaftlich gebildeter Mensch dachte er tatsächlich, dass man auch solche Probleme mit vernünftigen Argumenten lösen konnte. Doch mit religiösen Fanatikern zu diskutieren war genauso sinnlos, wie einen Superreichen von gerechten Steuern zu überzeugen. Etwa zeitgleich arbeitete ein Team von ausgesuchten Spezialisten daran, die von den Sonden gesammelten Daten auszuwerten. Schnell stellten sie fest, dass es eine intelligente Rasse auf diesem Planeten gab. Sie zählte mehrere hundert Millionen Köpfe und hauste mehrheitlich in großen aber einfach strukturierten Städten und Siedlungen. Man konnte sie leicht für weit entfernte Verwandte irdischer Grizzlybären halten, obgleich sie, anders als die begeisterten Lachs-Angler von Terra, sich ständig auf zwei Beinen bewegten. Doch beim genauerer Betrachtung, erschöpften sich die Gemeinsamkeiten auch schon. Die Kreaturen auf dem Planeten waren bis zu 2,00 Meter groß, besaßen ein haiähnlichen Gebiss, hoch stehende dreieckige Ohren und ein Horn auf der Nase. Die Fellfarben variierten je nach Gegend von Tiefschwarz bis hellbraun. Es gab auch kleinere Stämme mit ockerfarbenen und gelben Zotten. Arme und Beine besaßen eine lederartige Haut und endeten in furchterregenden Pranken. Die Grizzly-Menschen, wie Boris Steinhausen, ein 23jähriger Zoologe sie nannte, waren eindeutig Fleischfresser und schienen sich in den letzten Jahren rapide vermehrt zu haben. Die Frage, ob es zwischen dieser Rasse und den Menschen zu einer vernünftigen Zusammenarbeit kommen würde, konnte der junge Mann allerdings nicht beantworten. Es gab noch eine weitere Spezies auf dem Planeten, der man eine dominierende Rolle zutraute. Diese Kreaturen hatten das Aussehen von riesigen Flugdrachen und jagten hauptsächlich Großwild. Auch von ihnen war nicht klar zu sagen, ob sie eine Bedrohung darstellten oder nicht. Doch langfristig betrachtet, so die Vermutung von Boris Steinhausen, würde sich das Problem ohnehin lösen, da diese Gattung kurz davor stand auszusterben. Nach Auswertung aller Daten schätzte er ihre Population auf ungefähr vierzig bis fünfzigtausend

Exemplare. Leider reichten die vorhandenen Informationen nicht aus, um ein vernünftiges Gesamtbild zu erstellen. Deshalb wurden zwei Expeditionstruppen zusammengestellt. Die erste sollte, angeführt von der Biologin Silvia Bergmann, die Flugdrachen näher untersuchen, die andere bekam den Auftrag, das Verhalten der Grizzly-Menschen beobachten, allerdings aus großer Entfernung. »Dann wäre der Ablauf für die nächsten fünf Tage festgelegt«, fasste Ben gerade ein Gespräch zusammen. »In einer Woche will ich…?« Ein lautes und hässliches Quietschen, durchmischt mit einem metallischen Kreischen, unterbrach mit brutaler Rücksichtslosigkeit die Gesprächsrunde, als mit grober Gewalt das verzogene Sicherheitsschott aufgestoßen wurde. Verwundert hielt Ben inne und musterte sichtlich irritiert zwei Männer, die unangekündigt aber mit stolzem Gebaren die Zentrale betraten. Der eine, Pater Michael, wie immer ganz in Schwarz gekleidet und ein stattliches Kruzifix auf der Brust tragend, der andere, Tarek Ali, Führer einer strenggläubigen muslimischen Gruppe und Besitzer eines wallenden Vollbartes. Letzterer bevorzugte die weiße Kleidung arabischer Wüstenbewohner und trug einen Turban als Kopfbedeckung. Eva Cortez fiel der Kinnladen herunter. Fassungslos flüsterte sie: »Die haben sich noch bis vor kurzem mörderisch bekriegt. Wir mussten alles was man als Waffen benutzen kann vor ihnen verstecken, sonst hatten die sich gegenseitig umgebracht. Damit konnte ich leben, doch dieser Anblick macht mir Angst.« »Ganz ruhig, Eva«, feixte Eric McLaren sarkastisch, »gleich werden wir wissen was sie von uns wollen.« »Was kann ich für sie tun, meine Herren«, brummte Ben Miller unwillig. Er war schon seit Stunden auf den Beinen und wollte endlich eine Pause machen. Übertrieben würdevoll trat Pater Michael in die Mitte der Zentrale. Dort eröffnete er mit seiner näselnden Stimme den erstaunten Zuhörern: »Nach einem langen und intensiven religiösem Disput haben mein Bruder Tarek Ali und ich erkannt, dass wir die einzigen Vertreter des wahren Gottes auf diesem Planeten sind.« »Welcher unglaubliche Fortschritt für die Entwicklung der Menschheit«, brummte Ian mit einem säuerlichen Gesichtsausdruck, kopfschüttelnd. Die Bemerkung des Ortungsspezialisten ignorierend stellte Ben höflich fest: »Das freut mich für sie meine Herren. In ein paar Tagen kann ich bestimmt mehr Zeit erübrigen, um....« »Sie verstehen nicht«, unterbrach ihn Tarek Ali brüsk, »als Männer Gottes steht uns die alleinige Führung über die Menschen auf unserer neuen Heimatwelt zu.« »Ich glaub ich steh im Wald«, entfuhr es Eric McLaren ätzend. Ben verzog keine Miene, aber in seinen Augen blitzte es gefährlich auf. Jedes einzelne Wort betonend erklärte er: »Soweit ich weiß, bin noch immer ich der gewählte Anführer der Auswanderer. Mir ist nicht bekannt, dass es seit dem Absturz Neuwahlen gegeben hat.« »Der Glaube hat nichts mit Demokratie oder Wahlen zu tun«, schimpfte Pater Michael. »Unsere jungfräuliche Zivilisation darf nicht von Gottlosen geführt werden. Die Gemeinde auf „Neu Jerusalem“ bedarf dringend einer geistigen Führung. Deshalb übernehmen wir ab sofort das Kommando.« »Was, Neu Jerusalem?«, kreischte Eva aufgebracht. »Ich habe doch nicht die Erde verlassen, um mich hier erneut einer Diktatur zu unterwerfen. Einer Diktatur bigotter Männer, die in ihren kranken Gehirnen beschlossen haben, ihr Leben als religiöser Spinner zu fristen.« »Weib, wie kannst du es wagen mich ungefragt anzusprechen und sogar noch zu beleidigen«, ereiferte sich Pater Michael mit glühenden Augen, »Gott der Herr gab dir nur dein Leben um Kinder zu gebären und dem Manne zu dienen, nicht aber um anmaßende Worte gegenüber Würdenträgern der großen Religionen im Munde zu führen.« Die arrogante Rede war zu viel für Eva. Mit ausgestreckten Armen wollte sie sich schon auf Pater Michael stürzen, um ihm die Augen auszukratzen. Ben konnte gerade noch mit einen Arm ihre Taille umfassen, um sie zu stoppen. »Hätten wir eine Inquisition, würden Hexen wie du schon längst wegen Gotteslästerung auf dem Scheiterhaufen brennen«, brüskierte sich der fromme Mann selbstgerecht, »aber auf Dauer werden wir wohl auch auf Neu Jerusalem nicht auf härtere Maßnahmen zur Züchtigung von Ungläubigen verzichten können.« »Schmeißt diese Wahnsinnigen endlich raus«, befahl jetzt Ian ungehalten. »Wir haben keine Zeit, um uns um die Allmachtsfantasien zweier Schmalspurprediger zu kümmern, deren einziger Lebenssinn darin besteht, den Menschen das Leben so schwer wie möglich zu machen.« »Von einem Ungläubigen wie Ihnen ist keine andere Reaktion zu erwarten«, kommentierte Pater Michael mit arrogantem Tonfall Ian's Rede. »Allen Freidenkern, Atheisten und sonstigen Gottlosen unter den Auswanderern, werden wir in Zukunft mit harter Hand Zucht und Ordnung beibringen. Es wird ein Heulen und Zähneklappern geben, doch wird nur denjenigen Gnade gewährt werden, die sich unseren Gesetzen unterwerfen. Wir Männer Gottes haben große Erfahrung darin, Ungläubige zu disziplinieren.« »Da bin ich aber gespannt wie ihr das anstellen wollt?«, bemerkte Ian spöttisch. »Ihnen wird das Lachen bald vergehen. Mein Bruder Tarek Ali und ich haben natürlich mit ihrem Widerstand gerechnet und entsprechende Vorbereitungen getroffen.« »Was habt ihr vor?«, fragte Ben argwöhnisch. Pater Michael antwortete nicht. Stattdessen betätigte er still lächelnd einen kleinen Schalter am Kragen seines Umhangs und trat einen Schritt zur Seite. Kurz darauf stürmten zwanzig Männer mit grimmigen Gesichtern und Sturmgewehren bewaffnet in die Zentrale. Mit bewegungslosen Mienen stellten sie sich schützend vor die Gottesmänner. Die Läufe ihrer Waffen zielten auf Ben und den Leuten seines Führungsstabes. Die

Gewehrläufe missachtend brüllte Ben Miller aufgebracht: »Welcher Vollidiot hat den euch ins Gehirn geschissen?« »Wie können sie es nur wagen, so niederträchtig die Revolutionsgardisten zu beleidigen«, erboste sich nun Tarek Ali. »Darauf seht eine Mindeststrafe von zwanzig Peitschenhieben.« »Schau an, schau an, die Knaben haben in ihrer Freizeit sogar ein ganzes Strafgesetzbuch ausgearbeitet?«, stellte Ian ohne Anzeichen von Angst fest. »Jawohl, das haben wir«, verkündete der Mann mit dem Turban voller Stolz, »denn ohne strenge Gebote, die das Leben der Menschen bis in kleinste Detail regeln, würden Leute wie sie aus unserer schönen neuen Welt einen stinkenden Sündenpfuhl der Verderbtheit machen.« Ben kam sich vor, wie in einem schlechten Film. Er hatte mit allem gerechnet, nur nicht mit einer Palastrevolution der Geistlichen. Zu allem Übel fing Ian an, sich über die bewaffneten Revolutionsgardisten lustig zu machen. »Beruhige dich«, raunte Ben seinem Freund leise zu. »Wir wollen uns vor denen doch keine Blöße geben.« »Vor solchen Witzfiguren kann man sich gar keine Blöße geben«, kicherte Butler weiter und wischte sich mit einem Ärmel seines Hemdes durch die Tränennassen Augen, »oder glaubst du etwa ich lasse mich von solchen Volldeppen verarschen?« »Was wollen sie damit sagen?«, fragte Pater Michael verunsichert. »Das werden sie gleich sehen.« In aller Seelenruhe, die auf ihn gerichteten Waffen missachtend, aktivierte Ian Butler die Bordkommunikation, wählte einen abgesicherten Kanal und befahl mit lauter Stimme: »Jungs, es ist soweit. Ihr könnt jetzt reinkommen und die religiösen Eiferer samt ihrem bewaffneten Mob einsammeln.« »Wenn einer ihrer Männer vor der Zentrale erscheint, werden wir alle sterben«, drohte Tarek Ali mit hysterischer Stimme. »Wir haben nicht nur Gott an unsere Seite, sondern auch das!« Mit einem Ruck öffnete er seinen weiten Umhang und offenbarte zwei Gürtel voller Plastiksprengstoff. »Jetzt wird er aber theatralisch«, spottete Ian ungerührt weiter und reizte den Turban tragenden Prediger dadurch nur noch mehr. »Los, machen sie schon, lösen sie die Explosion aus. Ich wollte schon immer mal sehen, wie eine Lachnummer auf zwei Beinen vor meinen Augen in die Luft fliegt!« »Hör bitte auf ihn zu ärgern«, wimmerte Eva Cortez ängstlich, »der Irre wird uns noch alle umzubringen.« »Keine Sorge, Kleine, dafür hängt der Kerl viel zu sehr am Leben. Als Selbstmordattentäter kommen normalerweise nur die Wasserträger, also charakterlich unzureichend ausgestatteten Volldeppen, die ganz Blöden und solche ohne eigene Persönlichkeit in Frage.« Ben wollte gerade zu einer Bemerkung ansetzen, als sich Ian's Rollkommando mit dem typischen Getrampel schwerer Militärstiefel ankündigte. Sofort warfen die frommen Revolutionsgardisten ihre Waffen fort und ergaben sich. Dennoch wurden sie professionell gefilzt und anschließend zu praktischen Paketen verschnürt. Anschließend verbrachten die Ex-Soldaten die religiös motivierten Möchtegern-Revolutionäre in ein leergeräumtes Lebensmittelmagazin, das nun kurzfristig als Gefängnis dienen musste. »Das hätte böse ins Auge gehen können«, beschwerte sich Ben vorwurfsvoll bei Ian. »Wenn nur einer aus dem Gefolge unserer Geistlichen ausgerastet wäre, hätte das uns allen das Leben kosten können.« »Das glaube ich kaum«, gluckste der Angesprochene frech, »mit Patronen aus Hartwachs ist das kaum möglich.« »Woher weißt du das?« »Ganz einfach, weil ich durchgeknallten Fanatikern grundsätzlich nicht über den Weg traue. Aus diesem Grund habe ich sie von Anfang an von meinen ehemaligen Kameraden beobachten lassen. Die haben relativ schnell die Verstecke ihrer Waffen entdeckt und schon lange vor dem Abflug die Munition ausgetauscht.« »Und der Plastiksprengstoff von Tarek Ali?« »Der hätte Probleme gehabt die Knet-

masse zu zünden.« »Warum hast du mich nicht
schon früher über die Machenschaften der Beiden in-
formiert?«, wollte der Schiffsführer mürrisch wissen.
»Du hattest genug mit anderen Problemen zu tun,
und vergiss bitte nicht, für die Sicherheit an Bord des
Schiffes bin immer noch ich verantwortlich.« »Nun
gut, dann wäre ja alles geklärt«, brummte Ben, stand
auf und verschwand mit gemischten Gefühlen in seiner Kabine. Er besaß aktuell nur einen Wunsch, sich
endlich dem wohlverdienten Schlaf der Gerechten zu
widmen.

Satira

Satira galt als eine Zierde ihres Geschlechts. Besonders stolz war die exotische Schönheit auf ihre Rückenpanzerung aus kristallinen Hornplatten. Sie
schillerten in allen Farben des Regenbogens, was
auch unter ihren Artgenossen sehr selten war. Brust
und Bauch zierte ein seidig weißer Pelz, der in einem
herrlichen Kontrast zu ihren nachtschwarzen Krallen
stand. Ihr Gebiss bestand aus schneeweißen Zähnen, mit denen sie selbst Gesteinsbrocken zerkleinern konnte. Aufrecht auf den Hinterbeinen stehend -
was sie nur in Ausnahmefällen tat - erreichte sie eine
Höhe von gut sechs Metern. Vervollständigt wurde
ihr Aussehen durch halbtransparente silbrig glänzende Flügel, mit einer Spannweite von über zweiund-
zwanzig Metern. Satira, deren Gestalt den menschlichen Vorstellungen von einem Drachen sehr nahe
kam, liebkoste gerade ihr Junges, das sich in den
ersten Strahlen der aufgehenden Sonne regelte.
»Aufstehen, du Beherrscher der Vulkanwinde«,
scherzte sie zweideutig, »es wird Zeit für dein mor-
gendliches Bad.« »Buh, dass doofe Wasser im See
ist so kalt. Ich mag die warmen Quellen im Norden
viel lieber«, nörgelte Quartu und entblößte dabei seine schon beachtlichen Reißzähne. Dann drehte er

sich um und zeigte damit seiner Mutter eindeutig sein Missfallen. »Du weißt doch, dass die Rammber dort überall Fallen aufgebaut haben und sie uns auf der Stelle töten, sollte es ihnen gelingen uns fangen. Ich würde mich auch lieber auf den Donnerinseln im heißen Wasser der Geysire vergnügen als hier im kalten Bergsee. Aber solange du noch so klein bist und nicht fliegen kannst, können uns die Großen Fresser leicht angreifen.« »Aber du bist doch viel größer und stärker, als diese Erdmaden.« »Das schon, aber es gibt einfach zu viele von ihnen.« »Wenn einer dieser Monster meiner Mama etwas antun möchte, bekommt er es mit mir zu tun«, krakeelte der kleine Drache selbstbewusst und flatterte dabei aufgeregt mit den Flügeln. »Ich habe keine Angst vor den blöden Rammviechern.« Eine halbe Stunde später planschte Satira vergnügt mit ihrem Jungen im kristallklaren Wasser des abgelegenen Bergsees. Hier wähnte sie sich mit ihrem Jungen sicher. Geschütz von scharfkantigen Kämmen und Graten lag der See in einem unwegsamen Ausläufer des Sturmgebirges. Eine Gegend, die Rammber normalerweise mieden, da hier kaum etwas Essbares zu finden war. Die tägliche und intensive Körperpflege war für die Drachen überlebenswichtig, da Insekten gerne ihre Eier an empfindlichen Stellen ablegten. Dabei freigegebene Gifte konnten zu einem qualvollen Tod führen. Aber das Bad in dem Gewässer diente noch einem anderen Zweck. Über die Haut nahmen die Flugdrachen wertvolle Mineralien auf, die zum Aufbau der Rückenpanzerung benötigt wurden. Zudem enthielt das Wasser wichtige Kleinstlebewesen, die das Fell der großen Wesen von allen möglichen Verschmutzungen reinigten. Quartu, obwohl schon sehr intelligent, war mit seinen drei Planetenjahren noch ein Drachenbaby, das ohne den Schutz seiner Mutter nicht lange überleben konnte. Die gigantischen Lebewesen zählten auch noch mit dreißig Jahren als Teenager. Verständlich wenn man bedachte, dass sie bis zu sechshundert Jahre alt wurden. Satira dagegen, gehörte mit ihren fünfzig Jahren noch zu den jüngeren Exemplaren ihrer Rasse. Leider musste sie sich um ihren Sprössling alleine kümmern, da Langzahn, der Vater von Quartu, einen Kampf gegen eine ganze Rammber-Armee mit seinem Leben bezahlt hatte. Zwar war es dem mächtigen Bullen gelungen über dreihundert der grässlichen Kreaturen mit in den Tod zu nehmen, doch das spielte im Vergleich zu der hohen Nachkommenschaft der unersättlichen Fressmaschinen, keine große Rolle. Während Quartu übermütig im Wasser tollte, erinnerte sich seine Mutter an die Erzählungen der Alten. Vor mehr als sechzig Drachenleben waren seltsame Lebewesen mit fliegenden Häusern auf Blaustern gelandet. Anfangs wusste niemand, was die Kreaturen mit dem Aussehen von Insekten auf ihrer Welt wollten. Zudem vermieden sie den Kontakt mit den Herren der Lüfte. Doch auch den Himmelsfliegern waren die spindeldürren Fremden suspekt, da sie kalt und emotionslos wirkten. Sie beschlossen daher, diese Wesen zu meiden. Das hatte sich im Nachhinein als großer Fehler erwiesen. Bis zur Ankunft der Fremden lebten die Rammber als eine sanftmütige Rasse von Nomaden, die friedlich nach Nahrung suchend, vorwiegend die weiten Grasebenen des Nordens durchstreiften. Warum sich die Wesen von den Sternen gerade für die harmlosen Tiere interessierten, entzog sich dem Verständnis der Drachen. Sie bekamen nur mit, dass die intelligenten Insekten Rammber einfingen, um sie nach einer kurzen Zeit wieder freizulassen. Danach verhielten sich die Pflanzenfresser nicht mehr ganz so phlegmatisch wie ihre Artgenossen und schienen sich mehr für ihre Umwelt zu interessieren. Noch auffälliger aber, verhielten sich deren Nachkommen. Sie zeigten eine deutliche Steigerung in ihren Aktivitäten, neigten zu brutalen Revierkämpfen und paarten sich häufiger.

Eine verwunderliche Veränderung, aber für die mächtigen Himmelsflieger noch lange kein Grund zur Beunruhigung. Als die seltsamen Fremden nach wenigen Monden wieder mit ihren fliegenden Häusern im Sternenhimmel verschwanden, meinten die großen Flugwesen, jetzt würde alles wieder seine normalen Wege gehen. In ihrer offenbar unüberwindlichen Überlegenheit konnte man den launigen Individualisten getrost eine gewisse Blindheit für kommende Gefahren attestieren. Tatsächlich bedurfte es vieler Generationen bis die friedlichen Rammber ihr Fressverhalten änderten. Dabei begann alles recht harmlos. Anfangs interessierten sie sich noch für die Eier in den Nestern der großen Laufvögel. Das war keine ungefährliche Angelegenheit, da die Tritte eines solchen Tieres tödlich sein konnten. Dann begannen sie kleinere Pflanzenfresser zu jagen. Irgendwann war ihnen auch das nicht ausreichend genug und sie nahmen die großen Laufvögel ins Visier. Da diese in den zweibeinigen Pelzträgern keine natürlichen Feinde sahen, wurden sie in den Siedlungsgebieten der Rammber relativ schnell ausgerottet. Doch immer noch gab es Wild in Hülle und Fülle. Deshalb ignorierten die Drachen diesen merkwürdigen Umstand. Sogar als die pelzigen Zweibeiner anfingen mit Steinen Feuer zu machen und aus Holz die erste Hütten bauten, zeigten die Herren der Lüfte nur ein mildes Interesse. Erst als die früheren Nomaden sich zu größeren Gruppen zusammenrotteten und die ersten Dörfer mit Befestigungen bauten, wurden einige der älteren Himmelsflieger misstrauisch. Schließlich lebten sie auf einer Welt, die allen ihren Bewohnern genügend Nahrung zum Überleben bot. Das Verhalten entzog sich ihrer Meinung jeglicher Vernunft. Doch es kam noch schlimmer. Die Rammber vermehrten sich, geschützt von ihren Siedlungen, noch rasanter und mutierten dabei zu wahren Fressmaschinen. Der Hunger ihrer zahlreichen Nachkommenschaft konnte man nur als unersättlich bezeichnen. In der Folge wurde das Wild in ihren Siedlungsgebieten knapp. Die ersten Auseinandersetzungen um Jagdgebiete erfolgten. Anfangs waren es noch kleinere Scharmützel, wenn sich Rammber verschiedener Jagdtrupps begegneten. Bald aber folgten Überfälle auf die Vorratslager fremder Stämme, die rasch in blutige Kriege mit unzähligen Opfern ausarteten. Allerdings spielten die Verluste bei der hohen Geburtenrate keine Rolle. Das wirkte sich natürlich auch auf die Drachen aus. Sie mussten immer größere Strecken fliegen, wenn sie eine Jagd erfolgreich beenden wollten. Die fetten Jahre waren vorbei. Mit Argwohn beobachteten sie nun, das die Rammber ihre ständig wachsenden Siedlungen mit Erdwällen und Wachtürmen zu schützen begannen. Doch das war erst der Anfang einer sich abzeichnenden katastrophalen Entwicklung. Um die Mäuler ihrer zahlreichen Nachkommen zu stopfen, begannen die aggressiven Zweibeiner gefangene Artgenossen zu schlachten. Obwohl von dem Kannibalismus zutiefst schockiert, hielten es die Drachen dennoch für klüger, sich nicht einzumischen. Das änderte sich erst, als die gehörnten Kreaturen anfingen, Drachenweibchen mit ihren noch flugunfähigen Nachwuchs anzugreifen. Trotz des hohen Blutzolls, den sie dafür bezahlten, waren sie geradezu versessen auf Drachenfleisch und fraßen ihre Opfer oft bei lebendigem Leibe. Für die mächtigen Herrscher der Lüfte wurde damit eine rote Linie überschritten. Wutentbrannt schlugen sie zurück und verheerten ohne Gnade viele ihrer großen Siedlungen. Leider forderte der Krieg auch Opfer unter den Himmelsfliegern. Einige der weisen Drachenfürsten sahen bald ein, dass sie diese Auseinandersetzung auf Dauer nicht gewinnen konnten, denn trotz ihrer überragenden Siege, war der Blutzoll zu hoch. Um zu überleben zogen sie sich in weit entlegene Regionen ihrer Heimatwelt zurück.

Die einst stolzen Himmelsbewohner hatten die Vorherrschaft über ihre Welt verloren. Die Drachendame verwarf ihre düsteren Gedanken und stieg aus dem kalten Nass des Bergsees, um ihre Flügel in der milden Sonne des Vormittags zu trocknen. Da flog ein schweres Netz aus grob geschmiedeten metallenen Gliedern auf sie nieder und drückte sie zu Boden. Instinktiv richtete sie sich zur vollen Größe auf, um sich aus der Falle zu befreien. Das Netz begann schon an ihrem Körper abzugleiten als ein schwerer Felsbrocken Satira am Schädel traf. Bewusstlos stürzte sie zu Boden. Weitere Steine zertrümmerten die zarte Knochenstruktur ihre Schwingen. Sie bekam nicht mehr mit, das sich Quartu sofort auf eine angreifenden Horde Rammber stürzte und ihnen einen Kampf von unglaublicher Wildheit lieferte. Zwar besaß er noch nicht jene ungeheuren Kräfte, die einen erwachsenen Drachen ausmachten, aber er war viel schneller und beweglicher als seine Angreifer und wollte seine verletzte Mutter bis zum letzten Atemzug verteidigen.

Silvia Bergmann

Als Silvia die Zentrale des abgestürzten Frachters betrat, war Ben Miller schon seit fünf Stunden auf den Beinen und gerade dabei mit Eric, Ian und seiner Frau Claire, Pläne für den Bau einer Siedlung zu besprechen. Claire war nicht nur eine ausgezeichnete Architektin. Sie besaß ein fundiertes Wissen im Bereich der Stadtplanung und hatte zuvor als Statikerin, für einige Jahre, in einem Büro für Tragwerksplanung Erfahrung sammeln können. »Was machen wir mit den Fanatikern?«, wollte Silvia von Ben wissen und grinste dabei schadenfroh. Bärbeißig brummte der Angesprochene: »Wir haben sie wieder freigelassen.« Entsetzt starrte ihn die schöne Biologin an und fragte verunsichert: »Hast du den Verstand verloren? Die Irren werden doch bei nächster Gelegenheit eine weitere Revolte anstiften!« »Nein, Pater Michael hat mit seinen Anhängern das Schiff verlassen und will mit ihnen eine eigene Kolonie gründen.« »Und der andere Spinner?« »Tarek Ali hat mir hoch und heilig versprochen sich ruhig zu verhalten«, grurmelte Ben schlecht gelaunt.« »Einem Mann zu glauben, der sich nur seinem Gott verpflichtet fühlt, halte ich für sehr leichtsinnig«, giftete die schöne Frau verschnupft. »Ich glaube kaum, dass er weiteren Ärger machen wird«, mischte sich Ian in das Gespräch ein, »denn er hat sich einige Karten von dieser Welt geliehen, die wir aus den Daten der Sonden erstellt haben. Ich vermute mal, dass er uns in nächster Zeit mit seinen Leuten verlassen wird.« »Ob das eine gute Idee ist?«, zweifelte Silvia. »Wäre es nicht sicherer gewesen, zumindest die beiden Querköpfe eine Weile in Haft zu behalten?« »Das schon, aber ich wollte nicht, dass meine erste Amtshandlung auf diesem unschuldigen Planeten darin besteht, ein Gefängnis zu errichten. Auf der Erde gibt es schon genug davon.« »Ich kann nur hoffen, das sie klug genug sind und den Grizzly-Menschen aus dem Weg gehen«, flüsterte Silvia mit ihrer sanften Stimme nachdenklich, »ich bin mir sicher, das diese Wesen nicht viel Verständnis für die Bekehrungsversuche unserer frommen Männer aufbringen würden.« Ian, den das Thema langsam nervte, grummelte starrköpfig: »Ich habe sie eindringlich davor gewarnt, Kontakt mit den Einheimischen aufzunehmen. Wir wissen noch viel zu wenig über diese Welt und ihre Bewohner, als das wir Risiken eingehen könnten. Was nun Pater Michael aus diesen Informationen macht, ist seine Sache. Ich kann keine Männer entbehren, die auf ihn und seine Gefolgsleute aufpassen.« »In meiner Großmut habe ich ihnen sogar eines unsere wertvollen Übersetzungsgeräte überlassen«, fügte Eric rechtfertigend hinzu. »Anhand von Tonaufnahmen der Sonden ist es uns gelungen, die Sprache der Einheimischen zu analysieren. Sie ist sehr einfach und schnell zu erlernen. Sollten sie wirklich mit ihnen zusammenstoßen, können sie sich zumindest mit ihnen unterhalten.« »Ein solcher Kontakt wird mit Sicherheit schrecklich enden«, meinte Silvia prophetisch. »Dem verbohrten Spinner traue ich den hirnrissigen Versuch zu, bei den Einheimischen zu missionieren.« »Sie sind gut ausgestattet«, wandte Ben ungehalten ein. »Ich gab ihnen Fahrzeugen, Medikamenten und sogar Waffen mit. Mehr als ihnen eigentlich zusteht, Silvia. Doch anstatt dankbar zu sein hat Pater Michael für seine dreihundert Seelen sogar eine der modernen Klinik-Einheiten gefordert. Er wollte mein Argument nicht gelten lassen, dass sechstausend Menschen wohl eher ein Anrecht auf die modernen Krankenstationen hätten, als sein kleiner Haufen.« Nachdenklich meinte Claire: »Tarek Ali ist wesentlich klüger als Pater Michael. Wir sollten auf ihn aufpassen.« »Claire hat recht«, stimmte ihr Ian zu. »Das Problem löst sich erst, wenn er uns mit seinen zweihundert Anhängern verlassen hat, um eine eigene Gemeinde zu gründen, wo nur das islamische Recht gilt.« »Du meinst die Scharia?«, fragte die Biologin erschrocken. »Ja, ich denke, das hat er gemeint.« »Das kann ja heiter werden«, schimpfte Silvia mit säuerlicher Miene. »Der eitle Schwarzkittel will die Inquisition einführen und bei dem Kerl mit dem dominanten Turban wird lustig gesteinigt.« Zynisch scherzte Ian: »Auch Gläubige brauchen ihre kleinen Freuden, um den grauen Alltag besser ertragen zu können.« »Wir sollten aber weiterhin Pater Michael und seine Leute über die Flugsonden beobachten lassen, die laufen sonst, naiv wie sie sind, in ihren Tod.« Behutsam legte Ian seinen Arm um die zierliche Schulter der Biologin. Wohlwollend versprach er: »Keine Sorge, Silvia, das hatte ich auch vor.« Die feingliedrige Frau errötete leicht, genoss aber sichtlich die zärtliche Berührung des Hünen. »Wurden schon Vorbereitungen für die von mir geplante Expedition getroffen«, fragte sie nun etwas forscher und blickte dabei neugierig in die Runde. Lächelnd schaute Ian die hübsche Frau an. Er wusste wie begierig sie war, die Flugdrachen zu erforschen. »Ich habe drei unserer zehn mitgeführten Kleinst-Helikopter von meinen Leuten zusammenbauen lassen. Deine Ausrüstung ist schon sicher auf den Ladeflächen verstaut. Es kann also jederzeit losgehen.« »Wir haben vor drei Stunden eine Drachenmutter mit ihrem Jungen entdeckt«, posaunte Boris Steinhausen plötzlich im Hintergrund voller Entdeckerstolz. »Es sind bloß 300 Kilometer Luftlinie. Wenn ihr euch beeilt, könnt ihr sie dort noch antreffen.« Ben grinste über den übereifrigen Zoologen und Tierarzt, der sich aber in den letzten Monaten als zuverlässiger und flexibler Mitarbeiter erwiesen hatte. Er besaß Talent und wollte sich entfalten. Hier wurde ihm die Möglichkeit geboten. Auf der Erde allerdings, wäre ihm keine große Zukunft beschieden gewesen. Zwar war er hochintelligent und von schneller Auffassungsgabe, aber auch von ruhigem Wesen und Introvertiert. Die großen Karrieren, das wusste der Schiffsführer aus eigener Erfahrung, machten aber zumeist opportunistische Arschkriecher und talentfreie Großmäuler mit Beziehungen. Eine Stunde später saß Silvia in einem offenen Helikopter. Die Maschine stand mit laufenden Rotoren auf einer Landeplattform, die am Heck des Raumschiffes angebracht war. Begleitet wurde sie von Boris und vier zusätzlichen Männern, die großkalibrige Waffen mit sich führten. Sie warteten nur noch auf die Starterlaubnis. Als sie sich nach der Startfreigabe in die Luft erhoben, hatte Silvia ein kurz zuvor geführtes, aber hitziges Wortgefecht mit Ian, fast schon wieder vergessen. Die sture Biologin hatte nicht einsehen wollen, mit vier Ex-Soldaten in ihrer Gruppe zu reisen. Ihr war nicht ersichtlich, warum sie von Leuten begleitet werden sollte, die keine wissenschaftliche Ausbildung besaßen. Diese konnten ihrer Meinung nach keinen Beitrag zur Erforschung der Drachen liefern. Erst ein Machtwort von Ben hatte den Disput beendet. Die herrliche Aussicht aus zweihundert Metern Höhe verbesserte die Laune der Biologin erheblich. Die Luft war mild und besaß einen zarten würzigen Duft nach Kräutern aller Art. Voller Neugier betrachtete Silvia die fremde Welt, verspürte aber gleichzeitig tief in ihrer Brust ein schmerzhaftes Gefühl von Heimweh. Doch dann wurde ihr bewusst, dass sie keiner Begrenzung mehr unterlag. Hier war sie keinen arroganten Vorgesetzten unterworfen und musste sich nicht mehr mit dummdreisten Beamten herumschlagen, die mit kruden Bestimmungen und Verordnungen das Leben bis ins kleinste Detail regeln wollten. Auch gab es niemanden mehr, der lächerliche Anträge in mehrfacher Ausführung für jeden Bockmist von ihr verlangte. Jetzt zählten nur noch die wirklich wichtigen Dinge des Lebens. Nun war sie wirklich ein freier Mensch. Sie schaute noch einmal zurück. Um das Wrack herum herrschte eine hektische Betriebsamkeit. Es kam keine Langeweile auf. Jeder hatte genug zu tun und alles war in Bewegung. Sie konnte erkennen wie handwerklich begabte Auswanderer dabei waren, weitere Stallungen für das mitgeführte Vieh aufzubauen, während andere sich mit der einheimischen Pflanzenwelt beschäftigten. Alternative Nahrungsquellen für Menschen und Tiere zu finden besaß oberste Priorität. Man hatte die Tiere während des Fluges mit an Bord gezüchteter Biomasse versorgt. Jetzt wurden die Stationen ausgelagert. In schnell errichteten neuen Hallen sollte die lebensnotwendige Nahrungsproduktion für die Tiere verdoppelt werden. Aufgrund der mangelnden Ernährung während der Reise, waren die meisten von ihnen unterernährt. Die freigewordenen Räume wurden als zusätzlicher Wohnraum gebraucht, da das ehemalige Frachtschiff noch eine ganze Weile als Behausung für die Menschen dienen musste. Es konnte Monate dauern, bis eine kleine Stadt mit der notwendigen Infrastruktur aufgebaut war. »Ist alles in Ordnung bei dir?«, hörte die Biologin die Stimme von Ian im Kopfhörer ihres Helms. »Es ist der reine Wahnsinn«, frohlockte Silvia verzückt. »Du kannst dir nicht vorstellen, wie schön diese Welt von hier oben ist.« »Dann ist ja alle klar. Pass gut auf dich auf und melde dich in regelmäßigen Abständen.« Obwohl der Flug mit den langsamen Maschinen über viereinhalb Stunden dauerte, bot die abwechslungsreiche Landschaft viel Sehenswertes. Weite Savannen, geschmückt von kleinen Baumgruppen, gingen in dichte Wälder über, deren Farbenvielfalt die Sinne berauschten. Man wähnte sich in einer Märchenwelt. Während auf der Erde die Wälder von oben betrachtet, nur durch unterschiedliche Grünschattierungen auffielen, war hier die Evolution verschwenderischer mit dem Buntstift umgegangen. Die Wälder strahlten in den mannigfaltigsten Farben und wirkten von oben betrachtet wie das Werk eines Impressionisten im

Drogenrausch. Die Bäume trugen buschigen Kronen in Purpur, Violett, Türkis, Blau, Rosa und vielen weiteren unzähligen Zwischentönen. Man konnte sich kaum sattsehen. Vom Meer her wehte beständig eine sanfte Brise mit trockener Luft und am Horizont schwebten vereinzelt zartgelbe Wolken, die wie zufällig aufgebrachte Farbtupfer aussahen. Doch kaum merklich und ganz langsam änderte sich Umgebung. Je näher sie dem Zielgebiet kamen, desto trostloser wirkte die Landschaft auf die Reisenden von einer anderen Welt. Die Natur, die ihnen anfangs mit so verschwenderischer Pracht begegnet war, schien in dieser Gegend ihre Kraft verloren zu haben. Graue Böden mit kargem Pflanzenbewuchs wechselten mit felsigen Regionen, die mit bizarren Strukturen das Auge verwirrten. Die Lebensfeindliche Umgebung ließ die anfänglich positive Stimmung der Menschen drastisch sinken. Schon bald türmte sich vor ihnen ein grob zerklüftetes Gebirgsmassiv auf, das wie ein von Riesenhand geschaffenes Bollwerk wirkte. Es machte keinen einladenden Eindruck und schien den frechen Besuchern von der Erde drohend zuzuraunen: »Verschwindet, solange ihr noch könnt!« Die Turbinen der Helikopter mussten nun alle Kraft aufbringen, um die menschliche Last samt deren Gepäck, über die Gipfel zu wuchten. Ein ungutes Gefühl machte sich in Silvia breit. Sie wusste, ein Absturz aus dieser Höhe würden sie nicht überleben. Doch die Vorfreude, bald eine Drachenmutter mit ihrem Jungen beobachten zu können, überdeckte ihre Angst. Dennoch war der Ausblick nicht geeignet, einem wankelmütigen Menschen Mut zu machen. Unter ihnen breitete sich eine wenig einladende Bergwelt aus, in der nur durchgeknallte Extremsportler ihren Spaß finden konnten. Doch gab es unter den Auswanderern kaum jemand, der sein Leben nur so zum Spaß riskieren würde. Das reale Leben auf der Erde war in den letzten Jahren schon Überlebenskampf genug gewesen. In der Freizeit wolle man sich daher erholen, nicht aber zum Vergnügen den Hals riskieren. Vereinzelt trauten sich dorniges Gestrüpp und harte Grasbüschel in dieser rauen Umgebung dem kalten Gestein etwas Leben abzutrotzen. Eigentlich war diese Region eine Halbinsel, die sich auf einer Länge von 200 Kilometer nach Norden hin erstreckte. Im Weste besaß sie eine ausnehmend steile Küste, gegen die eine steife Brise beständig mächtige Wellenberge trieb. Das tosende Donnern der brechenden Wellen war noch viele Kilometer weit im Land zu hören. Im Osten fiel die Halbinsel sanft ins Meer ab. Doch unzählige Riffe und Klippen offenbarten eine ungastliche Uferlandschaft, die mit ihrer brutalen Kargheit zarte Gemüter erschreckte. Silvia selbst empfand die gigantische Landzunge so anziehend wie eine mit Stahlnieten besetzte Unterhose. Also genau der richtige Ort für strenggläubige Mönche, um ein Kloster zu errichten. Die Expeditionsleiterin atmete auf als ihr Beowulf, der Pilot meldete: »Wir landen in fünf Minuten auf einem kleinen Plateau oberhalb des Bergsees. Von dort aus können wir das Muttertier und ihr Junges in aller Ruhe observieren.« »Nach dem langen Flug freue ich mich endlich wieder festen Boden unter den Füßen zu haben«, seufzte Silvia aufatmend. »Der Platz ist wirklich gut gewählt, zudem haben wir Gegenwind«, bemerkte Boris spontan, um dann verlegen fortzufahren, »wenn man davon ausgeht, dass die Tiere hier einen ähnlichen Geruchssinn haben wie vergleichbare Reptilien auf der Erde.« Verdeckt von himmelstürmenden Felsgraten flogen die leichten Drehflügler von Süden kommend auf ihr Versteck zu und landeten sanft auf der Hochebene. Sofort begannen die ehemaligen Soldaten ihre martialisch wirkende Ausrüstung anzulegen. Sie planten die Umgebung zu sichern, um keine unliebsame Überraschung zu erleben. Silvia half Boris, der dabei war, ein hoch auflösendes Teleskop aufzustellen, das über ein integriertes Aufnahmegerät verfügte. Als er für die Feinjustierung hindurchschaute, schrak er kurz zusammen, um dann bitterlich zu fluchen: »Beim Speichel leckenden Beamten, diese fiesen Drecksäcke verderben uns noch alles.« »Was ist denn los?«, wollte die Biologin erschrocken wissen. »Sieh selbst«, erwiderte der junge Zoologe mit zermürbtem Gesicht und deutete auf das Teleskop. Zögerlich näherte sich Silvia dem Beobachtungsgerät und blickte hindurch. »Das ist ja schrecklich«, jammerte sie weinerlich. »Können wir denn nichts dagegen tun.« Ohne zu fragen schritt Beowulf auf das Teleskop zu, um sich ein eigenes Bild zu machen. Um den Bergsee herum wimmelte es von schwarz pelzigen Grizzly-Menschen. Die Drachenmutter lag anscheinend Bewusstlos unter einem Netz aus groben Metallringen und hatte eine schlimme Wunde am Schädel. Das Jungtier kämpfte verzweifelt, aus mehreren klaffenden Wunden blutend, gegen zahlenmäßig überlegene Angreifer. Trotz seiner Jugend verteidigte sich das Drachenkind mit großer Geschicklichkeit und hatte schon über ein Dutzend seiner Feinde getötet. Den Kampf immer noch beobachtend fragte Beowulf verwundert: »Seit wann tragen Tiere mit Edelsteinen geschmückte Hals- und Armbänder?« »Wie bitte?«, fragte Silvia verwundert und nahm die Drachen näher in Augenschein. »Das edle Geschmeide stammt bestimmt nicht von den pelzigen Kannibalen«, bemerkte Beowulf trocken. »Viel eher müssen wir davon ausgehen, dass die Drachen nach unserer Definition Intelligent sind.« Da fluchte Silvia aufgebracht: »Verdammt, jetzt stecken wir richtig tief in der scheiß Zwickmühle.« Beowulf wusste was sie meinte. Wenn sie jetzt eingriffen machten sie sich eine Seite zum Feind. Sie wussten von beiden Spezies einfach noch zu wenig, um sich entscheiden zu können. »Ich habe gerade eine Meldung von Ben hereinbekommen«, meldete sich Pierre, ein Kamerad von Beowulf, überraschend zu Wort. »Der Priester und seine Leute wurden vor einer viertel Stunde von einer riesigen Horde Grizzly-Menschen angegriffen. Keiner hat überlebt.« »Warum hat man kein Rettungskommando zusammengestellt und zu Pater Michael gesandt. Mit unseren Waffen wäre es ein leichtes gewesen die Aggressoren zu vernichten«, jammerte Silvia voller Mitgefühl. »Es ging alles viel zu schnell. Die Pelzträger haben nur wenige Minuten gebraucht um alle zu töten«, meinte Pierre nüchtern. »Dann wissen wir wenigsten, was wir zu tun haben«, stellte Beowulf mit harter Stimme fest. »Macht eure Schießprügel scharf, Jungs. Gleich werden wir einigen Bären ganz gewaltig das Fell versengen.« »Habt ihr auch Waffen für uns«, fragte die zierliche Biologin grimmig. »Wir möchten nicht tatenlos zusehen, während ihr euren Spaß habt.« Grinsend ging Beowulf auf eine Kiste zu, die noch auf der Ladefläche des Helikopters befestigt war. Daraus entnahm er zwei Waffen, die wie altertümliche Maschinengewehre aussahen. »Geht bitte sehr vorsichtig mit diesen mörderischen Geräten um, die verballern winzige Granaten mit hoher Sprengkraft«, unterrichtete er die Beiden unter dem Gelächter seiner Kameraden. »Achtet also peinlichst genau darauf in welche Richtung ihr zielt.« Der Ex-Militär hatte schnell eine Plan zur Hand, um den pelztragenden Killern kräftig in den Arsch zu treten. Im Laufschritt umrundeten die Expeditionsgruppe den steilen Felsgrad, der zwischen ihnen und dem Bergsee lag, überwanden eine Geröllhalde und näherten sich, große Findlinge als Deckung nutzend, ihrem Feind von hinten. Aus kurzer Distanz, keine 10 Schritte vom nächsten Gegner entfernt, eröffneten sie das Feuer. Während Beowulfs Männer mit jedem Schuss einen Grizzly-Menschen töteten, rissen die Explosivgeschosse von Silvia und Boris große Lücken in die Reihen der vollkommen überraschten Schwarzpelze. Für die struppigen Eingeborenen schien das Ende der Welt hereingebrochen zu sein. Verwirrt und Kopflos rannten sie in alle Richtungen davon, um dem alles verzehrenden Feuer der unerwartet aufgetauchten Dämonen zu entkommen. Aber diese kannten keine Gnade und schickten ihre Todesküsse weiter als ein Speer fliegen konnte. Besorgt fragte Silvia über das Funkgerät ihres Helmes: »Sollen wir den Rest nicht fliehen lassen?« »Auf keinen Fall«, antwortete Beowulf, »ich möchte nicht, dass sie ihre Artgenossen warnen können und vielleicht mit Verstärkung zurückkommen. Auf diesem Planeten gibt es Millionen dieser Viecher. Es wäre verheerend für uns, wenn die sich alle gegen uns verbünden würden.« Auch wenn es hart klang, das Argument war ausreichend genug für die Biologin. Mit neuem Kampfgeist stürzte sie sich ins Getümmel und feuerte bis die Mündung ihrer Waffe zu glühen begann. Doch die empfindsame Persönlichkeit der grazilen Frau war nicht für diese abnorme Brutalität geschaffen. Die schöne Akademikerin, die sonst keiner Fliege etwas zuleide tun konnte, begann sich in einen Todesengel zu verwandeln. Wie ein seelenloser Kampfroboter durchschritt sie das Schlachtfeld und nahm die Todesschreie der Schwarzpelze nur als ein Hintergrundrauschen wahr. Besudelt vom klebrigen Blut ihrer Feinde, glich sie dem leibhaftigen Tod. Wie lästigen Fliegendreck wischte sie Knochensplitter und Eingeweide von ihrer Kleidung. Sie kämpfte jetzt die ewige Schlacht, die keinen Anfang und kein Ende kannte. Es gab kein Erbarmen und keine Erlösung, es gab nur ein Morden und Schlachten in dem sie langsam zu versinken drohte. Kurz nachdem die letzte Miniaturgranate den Lauf ihrer Waffe verlassen hatte, spürte sie die starke Hand von Beowulf auf ihrem Arm. Die Berührung war der Rettungsanker, der ihr Versinken – ihr Abgleiten in den Wahnsinn verhinderte. Beruhigend flüsterte er ihr zu: »Es ist vorbei, Silvia, es ist vorbei.« Keuchend, mit dem Rücken an eine massive Felsenplatte gelehnt, betrachtete Silvia die grausige Wallstatt. Das Gelände um den Bergsee herum, war mit den Leichen von Grizzly-Menschen übersät. Viele von ihnen waren, von den Explosionsgeschossen bis zur Unkenntlichkeit zerfetzt worden. Sie existierten nur noch als blutige Fellbündel. »Habe ich das angerichtet«, schluchzte sie entsetzt. »Nur zum Teil, Silvia«, wisperte Beowulf und blickte sie dabei eindringlich an. »Aber das hat jetzt keine Priorität. Wir haben hier ein wirklich großes Problem, um das du dich ganz dringend kümmern solltest.« »Das Drachenjunge!«, stieß sie hervor und Leben kehrte in ihre Augen zurück. »Genau, es faucht meine Männer wütend an und lässt sich nicht besänftigen.« »Haben wir ein Übersetzungsgerät dabei?« »Ja, ich lasse es sofort bringen.« Boris hatte sich auf einen Stein in der Nähe des wild schnaubenden Wesens niedergelassen, um zu zeigen, dass er friedlich war. »Diese Lebensform sind keine Reptilien, wie wir sie von der Erde und anderen Welten her kennen«, sagte er anstatt einer Begrüßung. »Wir müssen ganz dringend sein Vertrauen gewinnen, sonst stirbt seine Mutter an hohem Blutverlust.« Silvia sah sofort was der Zoologe meinte. Am Schädel der Drachendame hatte sich eine große purpurrote Blutlache gebildet. »Der Kleine ist nicht zu unterschätzen«, bemerkte Beowulf respektvoll und deutete auf die zerfetzten Leiber einiger Schwarzpelze. »Mit seinen Krallen ist er sogar in der Lage hartes Gestein zu zerkleinern.« »Er verfügt über ungeheure Kräfte«, stimmte ihm die Biologin zu und besah sich die Kratzspuren im gewachsenen Fels. »Hoffentlich ist er intelligent genug zu erkennen, dass wir seine Freunde sind.« »Er weiß schon jetzt, dass wir keine Gefahr für ihn darstellen«, bemerkte Boris voller Überzeugung.

Quartu, der Drachenjunge

Misstrauisch und neugierig zugleich betrachtete Quartu die merkwürdigen Fremden. Wie die Rammber gingen auch sie auf zwei Beinen, waren aber wesentlich kleiner als diese und unglaublich zerbrechlich gebaut. Trotzdem hatten nur wenige der feingliedrigen Wesen eine ganze Horde bösartiger Schwarzpelze vernichtet. Mama würde wissen, was zu tun war, dachte er Verzweifelt und hoffte, dass sie bald wieder aufwachen würde. Langsam näherte sich ihm das dünnste Exemplar dieser seltsamen Gattung. Instinktiv vermutete er, dass es sich um ein Weibchen handeln musste. Ihr langes goldfarbenes Haar erinnerte ihn an den Schweif eines Huftramplers und ihre blauen Augen wirkten wie kleine runde Seen. Unerwartet begann sie zu sprechen. Ihre Stimme, die wie das Zwitschern kleiner Federflieger klang, passte zu ihrer mageren Gestalt. Das fand Quartu nun wirklich lustig, denn er mochte die Bund gefiederten Eierleger, die mit Vorliebe lästige Ungeziefer aus den Hautfalten der Drachen pickten. Dieses schlanke Goldhaarweibchen wollte ihm nichts tun, dass hatte der intelligente Drachenjunge schnell erkannt. Wissbegierig setzte er sich auf den Boden und wartete gespannt darauf, was sie als nächsten machen würde. Sie öffnete einen kleinen Behälter, hielt die kreisförmige Öffnung an den Mund und trank daraus. Anschließend schüttete sie etwas von der Flüssigkeit auf den Boden und sagte: »Wasser!« Vorsichtig schnüffelte Quartu daran. Aber das war doch „Vita". Der ganze See hinter ihm war voll damit. Belehrend sagte er deshalb zu dem langhaarigen Wesen: »Vita!« Das zierliche Weibchen entblößte eine ganze Reihe winziger Zähne und stieß helle Laute aus, die verdächtig wie die Paarungsrufe der gelb gefiederten Baumhüpfer klangen. Sein Spieltrieb war geweckt. Sehr zu seiner Freude wollte sie noch mehr wissen. Sie deutete auf verschiedene Gegenstände und Quartu nannte ihr die Namen, auch den eignen. So hätte sie für ihn ewig weitermachen können, doch nach einer Weile beendete die Langhaarige das Spiel und sprach ihn durch einen komischen Kasten in seiner Muttersprache an. »Kleiner Himmelsflieger, du musst jetzt gut zuhören. Deine Mutter wurde von den Rammbern schwer verletzt. Wir wollen ihr helfen. Das können wir aber nur wenn du meine Leute zu ihr lässt.« »Wie kannst du nur durch den Kasten sprechen?«, wollte Quartu aufgeregt wissen. »Das erkläre ich dir später. Zuerst müssen wir deiner Mutter helfen, sonst stirbt sie.« Erschrocken blickte der Drachenjunge zu Satira und murmelte traurig: »In Ordnung, aber sie dürfen meiner Mama nicht weh tun.« »Das werden sie bestimmt nicht«, versprach das weibliche Wesen mit der hellen Stimme und streichelte vorsichtig sein seidenweiches Bauchfell. »Du riechst gut«, brummte der junge Himmelsflieger zufrieden und schnupperte am Haar der Zweibeinigen, »besser als die gemeinen Rammviecher. Die stinken immer nach altem ranzigem Fett.« »Das ist mir auch schon aufgefallen, Quartu.« »Wo kommt ihr den eigentlich her? Ich habe noch nie zuvor solche von eurer Art auf Blaustern gesehen.« »Von den Sternen. Wir waren auf der Suche nach einer neuen Heimat.« »Und wie heißt du?« »Mein Name ist Silvia.« »Das ist ein schöner Name für ein Mädchen – klingt fast wie ein Drachenname.« Die Wesen von den Sternen nannten sich Menschen. Mit großem Erstaunen bemerkte Quartu, dass die Fremden zwar nicht über solche Kräfte wie die stinkenden Rammviecher verfügten, dafür aber mit größtem Geschick ihre zierlichen Greifwerkzeuge einzusetzen wussten. Während Silvia vorsichtig seine Verletzungen behandelte, räumten zwei ihrer männlichen Artgenossen, die Ebene um den See herum, von den Kadavern der Schwarzpelze frei. Anschließend warfen sie die Leichen in eine nahe gelegene Schlucht. Drei weitere kümmerten sich um seine Mutter und gingen dabei äußerst behutsam vor. Als erstes stoppten sie die schlimmsten Blutungen und entfernten kurz darauf das metallene Netz. Quartu empfand Silvias Behandlung als wohltuend. Sie entfernte mit ihren winzigen Händen Holzsplitter aus seinen blutenden Wunden und reinigte diese mit heißem Wasser. Anschließend verschloss sie die Verletzungen mit einem Verband aus einem ihm unbekannten Stoff. »Wird meine Mama wieder gesund?«, fragte Quartu ängstlich. »Sie hat das Bewusstsein verloren. Der Blutverlust hält sich meiner Meinung nach in Grenzen. Trotzdem müssen wir sie in unser Lager schaffen, um ihre verletzten Flügel zu behandeln«, versuchte ihm die Biologin zu erklären. »Aber ihr seid doch viel zu klein, wie wollt ihr denn meine Mama transportieren?« »Wir können zwar nicht fliegen, haben aber Maschinen entwickelt die das können«, beruhigte ihn Silvia und blickte ihm dabei in die riesigen Kulleraugen.

Boris Steinhausen

Die Sprache der Drachen war viel umfangreicher und komplexer als die der Schwarzpelze oder Rammber, wie Quartu sie nannte. Nachdem Silvia das Vertrauen des tapferen Jungdrachen gewonnen hatte, konnte sich auch Boris Steinhausen mit ihm unterhalten. Obwohl noch sehr jung, besaß der Kleine bereits ein großes Wissen über die Geschichte seiner Rasse sowie Mathematik und Astronomie. Ihre Spezies kannte sogar die Metallverarbeitung, benutzte sie aber nur zur Schmuckherstellung. Sprachlos bestaunten die Expeditionsmitglieder Satiras Halskette. Diese bestand aus kostbaren Edelsteinen, die teilweise so groß wie die Eier afrikanischer Strauße waren. Fassungen und Glieder bestanden zumeist aus Gold oder Silber, zeugten aber vom großen handwerklichen Können der imposanten Wesen. Mit einem Gewicht von über einhundert Kilogramm stellte dieses Prunkstück einen Schatz von unermesslichem Wert dar. Aber nicht nur die Mutter, auch ihr Kind trug ein auffallend prachtvoll gearbeitetes Schmuckstück. Es war ein goldenes Armband, bestehend aus massiven Gliedern, das mit Faustgroßen Rubinen verziert war. Er trug es an seiner rechten Klaue. Die bunten Steine, so erzählte der junge Himmelsflieger freimütig, entstammten reißenden Gebirgsflüssen und wurden meistens im Frühjahr nach der großen Schneeschmelze gefunden. Silvia Bergmann benötigte nicht lange, um Ben Miller davon zu überzeugen, die Drachendame zu retten. Die Techniker vor Ort hatten glücklicherweise schon einen der geräumigen Lastenhelikopter flugbereit gemacht. Mit weiteren dreißig Mann und einem hydraulischen Lastenheber wollte er zum Bergsee kommen. Die Untersuchung von Satira gestaltete sich für Boris als ein schwieriges Unterfangen. Natürlich spielte auch Angst eine große Rolle, denn, sollte die riesige Himmelsfliegerin plötzlich Erwachen, konnte das tödliche Folgen für den Zoologen haben. »Sie lebt, soweit ich das feststellen kann, liegt aber im Koma«, brummelte Boris nach einer halben Stunde erschöpft. »Wenn wir beim Raumschiff sind, müssen wir ein Gerüst bauen um sie richtig zu betten. Ihre gebrochenen Flügel können nur im ausgebreiteten Zustand heilen.« »Aber auf dem Heiligen Berg gibt es keinen See«, wandte sich der Jungdrache an Boris. »Wir Himmelsflieger müssen alle zwei bis drei Tage vollständig ins Wasser tauchen, sonst trocknet unsere Haut aus.« »Das wird ja immer komplizierter«, seufzte Silvia, »also brauchen wir noch ein großes Bassin.« »Ein was?« »Ein Schwimmbecken, Boris. Die Himmelsflieger müssen regelmäßig ein Bad nehmen, das hat doch unser Baby hier gerade gesagt.« »Da wird sich Ben aber freuen«, stöhnte der Zoologe. »Hoffentlich werden die Siedler nicht murren, wenn wir zuerst ein Schwimmbad für Drachen anstatt Häuser für Menschen bauen.« »Die werden schnell einsehen, dass sich ein solcher Schritt für uns bezahlt macht. Wir brauchen dringend Verbündete, um zu überleben. Oder glaubst du etwa, die möchten in nächster Zeit in den Kochtöpfen der Rammber landen?« Mit zusammengekniffenen Lippen nickte Boris. Dann raunte er mürrisch: »Ist leider wahr was du sagst. Ich kann mir gut vorstellen, dass ein Steak aus Menschenfleisch, eine leckere Abwechslung auf der Speisekarte der Rammber darstellt.« Pierre, der ihnen zugehört hatte, meinte mit ernstem Gesicht: »Ganz schön gruselig deine Phantasie, verdammt gruselig!«

Aratu der Drachenfürst

Verborgen zwischen mächtigen Wolkentürmen besah sich der Drachenfürst das Treiben der Fremden auf dem Heiligen Tafelberg. Einen Tag vorher hatten einige von ihnen Satira und ihr Junges gerettet. Die Mutter war mit ihrem noch flugunfähigen Kind in eine Falle der Rammber geraten. Mit einem merkwürdigen Fluggerät, dessen Flügel sich mit unglaublicher Geschwindigkeit drehten, transportierten sie die Drachendame zu ihrem fliegenden Haus aus Metall. Dort angekommen gingen sofort etliche weißgekleidete Fremdlinge daran, die empfindlichen Schwingen von Satira auszubreiten, gebrochene Knochen zu schienen und mit ihren winzigen Händen zerrissene Blutgefäße zu flicken. Zum Schutz vor der sengenden Sonne war für die Drachendame eine künstliche Höhle aus einem hauchdünnen Material gebaut worden, das auf dünnen Stangen ruhte. Quartu selbst tollte mit den Kindern der Fremden herum und piepste beim Spielen vor Freude in den höchsten Tönen. Von Zeit zu Zeit ging er zu seiner Mutter, leckte ihre Schnauze liebkosend und versuchte sie aus ihrem tiefen Schlaf zu wecken. Dann redeten die zierlichen Fremden beruhigend auf ihn ein und versuchten den Kleinen, der sie immerhin um Kopfgröße überragte, zu trösten. Großes Vergnügen bereiteten ihm die weiblichen Fremden, erkennbar an den breiteren Becken und seltsamen Beulen an der Vorderseite. Sie empfanden anscheinend ein großes Vergnügen dabei, sein seidenweiches Bauchfell zu kraulen. Eine solche Prozedur liebten die Himmelsflieger über alles. Für den Drachenfürst war das ein positives Zeichen. Für ihn schien sich eine Prophezeiung der Alten zu erfüllen, wonach Wesen von den Sternen, dem Volk der Himmelsflieger die Rettung bringen würden. Jetzt musste er nur noch in Kontakt mit ihnen treten. Eine viertel Stunde später meldete er sich vor dem abgestürzten Schiff bei einem Mann, der ihn mit großen Augen und offenem Mund anstarrte. Dann schluckte der Zweibeiner vernehmlich, obwohl sich nichts Essbares in seinem Mund befand, um dann zu stammeln: »Ich, äh, geh dann mal los, äh, und sag Bescheid.« Als er geendet hatte, machte sich der Mann mit einer Geschwindigkeit von dannen, als sei ein Rudel Schnapp-Wölfe hinter ihm her. »Ben, ich glaube du solltest mal nach draußen gehen, wir haben gerade Besuch bekommen«, rief McLaren leicht hysterisch vom Eingang des Speiseraums her. »Der soll warten«, murrte der Angesprochene unwillig. »Ich endlich möchte in Ruhe mein Mittagessen verzehren. Mein Magen knurrt schon wie ein ausgehungerter Straßenköder beim Anblick eines blutigen Steaks!« »Bei diesem Gast wirst du bestimmt eine Ausnahme machen. Also ich würde auf jedem Fall eine Ausnahme machen«, murmelte Eric seltsam kichernd. »Ich kann mir gut vorstellen, dass ein so riesiger Drachen leicht verärgert reagieren könnte, sollte man ihn zu lange in der Pampa warten lassen.« »Warum hast du mir das nicht gleich gesagt«, schimpfte Ben leicht gereizt. »Du weißt doch, wie wichtig für uns der Kontakt zu dieser Rasse ist.« Der Drache vor dem Schiffswrack schien dem Gemälde eines Künstlers entsprungen zu sein. Er war fast doppelt so groß wie Satira und hatte eine schwarze Rückenpanzerung, die wie polierter Lack glänzte. Seine lederartige Haut und sogar die Schwingen waren Feuerrot. Das matt schimmernde Bauchfell wiederum war durchgehend schwarz. Quartu war außer sich vor Freude. Mit wilden aber ungelenken Flugmanövern, er hatte sich am Vormittag zum ersten Mal selbstständig in die Luft erhoben, umkreiste er seinen Artgenossen, wobei er quietschende Geräusche von sich gab. Die meisten Erdbewohner hingegen, flüchteten beim Anblick der riesigen Kreatur in die Space-Truck 3009, wo sie sich sicher glaubten. Auch Ben konnte seinen Fluchtinstinkt nur mühsam unterdrücken. Das wollte er aber dem riesigen Lebewesen nicht anmerken lassen. Nie hätte er sich träumen lassen, eines Tages solchen Mut beweisen zu müssen. Nun wusste er, das es in Wirklichkeit keine Helden gab, sondern nur Leute, die zum falschen Zeitpunkt am falschen Ort waren. Mit weichen Knien verließ er die schützenden Stahlwände der Schiffsruine und ging mit beherzten Schritten auf den Drachen zu, der ihn mit klugen Augen fixierte. Das Übersetzungsgerät auf volle Lautstärke geschaltet sagte er betont langsam: »Ich heiße dich Willkommen und möchte dir meine Freundschaft anbieten.« »Könntest du dein Gerät bitte etwas leiser stellten, wir Drachen haben verdammt gute Ohren«, hörte Ben mit großem Erstaunen das gewaltige Wesen in einwandfreiem Neu-Terra, der allgemeinen Verkehrssprache auf der Erde und den Kolonialwelten, sagen. »Du beherrschst unsere Sprache?«, wunderte sich der unfreiwillige Held und ließ seinen Besucher keinen Moment aus den Augen. »Wir Drachen haben nicht nur gute Ohren, wir lernen auch sehr schnell. Ich konnte beobachten wie ihr Satira und ihr Kind gerettet habt.« »Es hat sich so ergeben. Aber könntest du uns vielleicht helfen? Satira liegt immer noch im Koma und wir wissen zu wenig über eure Biologie, um sie heilen zu können.« »Bisher habt ihr hervorragende Arbeit geleistet«, bemerkte der Drachen stattdessen mit einem tiefen und alles durchdringenden Bass. »Es gibt hier in der Nähe einige Heilpflanzen, die in heißem Wasser aufgelöst bei unserer Art einen heftigen Niesanfall auslösen. Das wird sie garantiert aus ihrem tiefen Schlaf reisen.« »Ich kann dir in einem Fahrzeug folgen, wenn du mir zeigst wo die Kräuter wachsen.« »Das ist zu kompliziert. Steig einfach auf und wir fliegen hin.« Langsam beugte sich der Drachen vor und spreizte seinen rechten Flügel bis er den Boden berührte. Ben nickte zaghaft. Erstaunt über seinen eigenen Mut, kletterte er vorsichtig über die empfindliche Schwinge bis zum Nacken der mächtigen Kreatur. Dort fand er eine Mulde vor, in die bequem sein Hintern passte. Die Hornplatten boten genügend Vertiefungen um sich daran festhalten zu können. »Übrigens, mein Name ist Aratu, und wie heißt du?« »Ben, Ben Miller, ich bin der Anführer meines kleinen Volkes.« »Dann haben wir ja etwas gemeinsam, Ben«, lachte Aratu aus voller Brust und schwang sich in den azurblauen Himmel.«

Morlak-Ka

Bedächtig kratzte Morlak-Ka sein dichtes Bauchfell und betrachtete die Gegenstände, die einer seiner Unterhäuptlinge von einer Gruppe fremder Wesen geraubt hatte. Er grunzte zufrieden, während er sich auf seinem Thron aus Drachenknochen regelte, denn er hatte erst einen frisch geschlachteten Braunpelz-Balg gefressen. Die Überfallenen - seltsame Kreaturen ohne Pelz - mochten schlechte Krieger sein, aber in technischen Dingen waren sie seinen Tüftlern weit überlegen. Das erkannte Morlak-Ka sofort, als er die vor ihm ausgebreiteten Gegenstände sah. Sogar der lächerliche Schmuck, den die Drachen so gerne trugen, wirkte Plump im Vergleich zu diesen fein gearbeiteten Gebilden. Jeder Kriegshäuptling, der einigermaßen bei Verstand war, hielt sich so genannte Tüftler. Das waren handwerklich begabte Rammber, die in der Lage waren Waffen herzustellen, die auch einen Kampfeinsatz überstanden. Die klügsten seiner Tüftler, hatten in der letzten Zeit einige Kriegsmaschinen entworfen, mit denen er seine Machtstellung nicht nur festigen, sondern auch auszubauen gedachte. Sie genossen unter seiner Führung eine Sonderstellung. Das sich dieses kluge Politik lohnte, zeigten die Ergebnisse. Erst vor kurzem waren in den Werkstätten der fleißigen Handwerker transportable Belagerungstürme auf Rädern mit Rammen aus Harthölzern entstanden. Das moderne Kriegsgerät brauchte er, um in nächster Zeit die Großsiedlungen der benachbarten Braunpelze zu erobern. Doch die Beute von den Pelzlosen änderten die Prioritäten. Seine wertvollsten Diener sollten so schnell wie möglich die Funktion der erbeuteten Geräte herausfinden. Einige von ihnen waren eindeutig als Waffen zu erkennen. Augenblicklich aber, war Morlak-Ka gezwungen seine ganze Aufmerksamkeit jenem Unterführer zu widmen, der mit seinem Rudel die Beute gemacht hatte. Als Beweis für seine glorreiche Tat, übergab er ihm gerade die abgeschlagenen Köpfe der Überfallenen. Das war eine Unterwerfungsgeste, die jeder Unterführer nach einem Kampf zu erbringen hatte. Blieb sie aus, galt das als eine schwere Beleidigung und war eine Herausforderung zum Zweikampf. Aber Doro-An, dass wusste der Kriegshäuptling, besaß nicht den Ehrgeiz, seinen Führer vom Thron zu stoßen. Nachdenklich betrachtete Morlak-Ka die säuberlich aufgerichtete Pyramide aus 300 kleinen Köpfen. So seltsame Kreaturen waren ihm noch nie begegnet. Irgendwie passten sie überhaupt nicht auf diese Welt. Wegen ihres eigenartigen Geruchs hatten die am Kampf beteiligten Krieger sogar darauf verzichtet, die Erschlagenen bei einem Siegesmahl aufzufressen. Das war verwunderlich, denn die kampfeslustigen Burschen plagte immer ein unbändiger Hunger. Doch auf Dauer gesehen, würden sie sich wohl an das Fleisch der Fremden gewöhnen müssen. Auf Blaustern, dass wusste der intelligente Rammber, war er der mächtigste Herrscher. Seit seiner Machtübernahme vor über zehn Jahren hatte er seinen Stamm, die Coronnen, zum mächtigsten Volk auf dem Planeten gemacht. Sogar die gefährlichen Himmelsflieger, denen schon viele seiner stolzen Krieger zum Opfer gefallen waren, konnten nichts gegen seine Millionenheere ausrichten. Wurden 1000 Krieger getötet, schickte er beim nächsten Mal 10.000. Wurden 10.000 getötet, schickte er 100.000 wilde Kämpfer in die Schlacht. Für Marlok-Ka spielten Verluste keine Rolle, denn das Volk der Rammber vermehrte sich rascher als man sie erschlagen konnte. Die Weibchen gebaren in einem Jahr bis zu dreißig Frischlinge. Mit fünf Jahren war ein männlicher Schwarzpelz ausgewachsen und trat in die Kriegerkaste ein. Hatte er die harte Ausbildung überlebt, wurde er mit acht Geschlechtsreif und durfte sich ein Weibchen suchen. Dem Führer der Coronnen war es bereits im

Alter von sechs Jahren gelungen, einem Drachenbullen den Todesstoß zu versetzen. Aus dessen Rückenpanzerung hatte er sich ein zwei Meter hohes Schild geschnitten. Das der von ihm getötete Himmelsflieger zum Zeitpunkt seiner Heldentat bereits im Sterben lag, verheimlichte der Kriegshäuptling geflissentlich, wenn er vor seinen Männern mit dieser Geschichte prahlte. »Großer Morlak-Ka, ein Bote wünscht dich zu sprechen«, grunzte ein Leibwächter respektvoll. »Er soll hereinkommen«, brummte er in der rauen Sprache der Schwarzpelze. Keuchend und immer noch nach Atem ringend berichtete der Laufbursche: »Der Drachenfürst hat sich mit den pelzlosen Fremden auf der Hochebene getroffen.« »Was will er den mit körperlich so schwachen Verbündeten?«, wunderte sich sein Hauptmann, Kara-Ur. »Der alte Himmelsflieger ist nicht dumm«, erläuterte ihm der Kriegshäuptling. »Er hat uns schon oft großen Schaden zugefügt. Wenn er sich mit den seltsamen Fremdlingen einlässt, dann nur, weil er sich einen Vorteil daraus verspricht.« In vorauseilendem Gehorsam brüllte daraufhin Kara-Ur: »Wir werden sie angreifen und vernichten.« Wohlwollend registrierte der Kriegshäuptling die Reaktion seines Hauptmannes. Der Untergebene glühte voller Kampfeslust und entblößte dabei seine gelblichen Fangzähne, an denen der Geifer herab tropfte. Allerdings hatte Morlak-Ka andere Pläne. Daher versprach er dem eifrigen Krieger: »Es werden noch viele Köpfe denn Hunger deiner Streitaxt stillen, aber heute werden wir einen anderen Weg gehen.« »Wie du befiehlst, mein Führer«, grunzte der Angesprochene gehorsam und wartete begierig auf die neuen Anordnungen des Kriegshäuptlings. »Morgen schicken wir eine Delegation zu den seltsamen Kreaturen. Wenn sie sich freiwillig unterwerfen, dürfen sie mir als Tüftler dienen und am Leben bleiben. Sollten sie aber ein Bündnis mit den Drachen eingehen, wird das der Untergang ihres Volkes sein.« »Gut gesprochen, Großer Morlak-Ka«, bellte Kara-Ur begeistert. »Als Warnung soll ihnen unser Bote 100 Köpfe ihrer erschlagenen Artgenossen überreichen«, fügte der Kriegshäuptling noch hinzu. »Das sollte ihnen meine Macht verdeutlichen und sie zu einer raschen Entscheidung veranlassen.«

Das Bündnis

Einen Tag nach der Ankunft von Aratu erschienen weitere fünf weitere Vertreter des Drachenvolkes bei Ben Miller. Inzwischen wusste er, dass die Himmelsflieger außer scharfen Augen, um die sie jeder Adler beneidet hätte, auch ein photographisches Gedächtnis besaßen. Das sie auch verdammt gut hörten, hatte er am Tag zuvor von Aratu erfahren. Nur dank dieser genialen Fähigkeiten, war es ihnen möglich, so schnell die menschliche Sprache zu erlernen. Da die Ureinwohner von Blaustern viel Wasser benötigten – einen Teil davon nahmen sie über die Haut auf - war von den Auswanderern im Eiltempo ein Planschbecken errichten worden. Die Konstruktion bestand aus reißfesten und wasserdichten Planen, getragen von einer Haltekonstruktion aus Leichtmetallrohren. Eine ergiebige mineralhaltige Quelle in der Nähe des Absturzplatzes lieferte das kostbare Nass in hoher Qualität und ausreichender Menge. Trotz ihrer enormen Kraft bewegten sich die mächtigen Wesen äußerst vorsichtig in dem provisorischen Bad. »Wisst ihr überhaupt, wem ihr da das Leben gerettet habt?«, fragte Oraban, einer der neu angekommenen Drachen ganz beiläufig Boris Steinhausen. »Nein, die Dame wurde uns noch nicht vorgestellt«, entgegnete der Zoologe achselzuckend. »Das ist Satira, die Schwägerin von Aratu. Bei uns Himmelsfliegern ist sie berühmt wegen ihrer Schönheit.« »Auch für Wesen unserer Art ist sie ein höchst ästhetischer Anblick.« Erstaunt blickte ihn der mächtige Drachen an und brummte: »Das ist ja lustig, ich dachte, ihr findet uns abstoßend!« »Das sieht mir aber nicht danach aus«, lachte Boris und deutete dabei auf einen Artgenossen von Oraban. Er hieß Naran und ließ sich gerate zufrieden schnaubend von einer Gruppe junger Mädchen, die mit Bürsten und Wassereimern bewaffnet waren, einige empfindliche Stellen im Ohren und Halsbereich reinigen. »Glaube mir mein Freund, dass würden die Süßen bei abstoßend hässlichen Wesen nicht machen.« Kaum hatte er fertig gesprochen, das bewegte sich Oraban mit schnellen Schritten in Richtung Naran und rief dabei laut: »Hallo Mädels, hier ist noch einer mit schmutzigen Ohren.« Satira ruhte noch immer mit ausgebreiteten Flügeln auf einem speziell für sie hergerichteten Polsterbett. In einigen Tagen, dass hatte man ihr versichert, konnte sie sich wieder in die Luft erheben. Eine Berieselungsanlage sorgte dafür, dass ihre empfindliche Haut feucht gehalten wurde. In einer mehrere Stunden dauernden Notoperation war es den Medizinern der Space Truck 3009 gelungen, die Risse in den halbtransparenten Schwingen zu flicken. Narben würden nicht zurückbleiben. Eine aus Drachenblut hergestellte Heilsalbe bewirkte dieses Wunder. Obwohl die klugen Himmelsflieger mit ihren diamantharten Krallen geschickt umzugehen vermochten, hatte die Natur ihren manuellen Fähigkeiten doch eindeutige Grenzen gesetzt. Kein Beherrscher der Lüfte hätte Satiras Verletzungen so gut behandeln können, wie die Menschen mit ihren winzigen Greifwerkzeugen. Für Quartu hatte man in der Nähe seiner Mutter, aus weichen Gummimatten und alten Decken eine Schlafstatt errichtet. Wenn er nicht gerade mit anderen Kindern herumtollte oder sich kleine Streiche ausdachte, lag er eingerollt wie eine Katze auf seinem Lager und schnurrte leise vor sich hin. Nur eine halbe Stunde später fand wohl die ungewöhnlichste Konferenz in der Geschichte der Menschheit. Gesprächspartner waren einige der führenden Himmelsflieger von Blaustern. ».…im günstigsten Fall werden sie eure Unterwerfung fordern«, erklärte Naran gerade, dessen goldenes Bauchfell derartig in der Sonne glitzerte, dass einige der anwesenden Menschen Sonnenbrillen aufsetzen mussten »Das heißt also, die Rammber dulden kein Nebeneinander verschiedener Rassen auf Blaustern«, resümierte Ian Butler. »So ist es«, bestätigte Aratu. »Ihnen ist nicht bekannt, dass sie vor einigen Jahrtausenden von einer fremden Rasse, die von den Sternen kam, gentechnisch verändert wurden, deshalb glauben sie auch, ein auserwähltes Volk zu sein.« »Wesen, die sich für etwas besonderes hielten, gab es auch auf der Erde«, lachte Ian. »Man nannte diese abartige Rasse Investoren.« »Und glaubten sie auch, dass nur ihnen die Vorherrschaft auf dem Planeten zusteht?« »Das glaubten sie nicht nur, sie wussten es auch.« »Das verstehe ich nicht«, bekannte Naran. »Wie gelang es ihnen die Herrschaft über deinen Heimatplaneten zu erringen?« »Mit viel Geld. Dafür bekommt man auf der Erde alles.« Naran war nun vollkommen verwirrt. Schnell erklärte ihm deshalb Eric McLaren das Geldsystem der Menschen. Erschüttert meinte der Himmelsflieger daraufhin: »Geld ist also lediglich eine Waffe, die man benutzt, um aus freien Menschen Sklaven zu machen.« »Das ist zwar eine stark verkürzte Analyse, aber vollkommen zutreffend«, meinte Eric trocken. Claire, Bens Ehefrau wechselte das Thema. Sie wollte von Aratu wissen: »Wieso fressen die Grizzly-Menschen ihre Artgenossen auf?« »Das liegt an ihrer zu hohen Population«, brummte der Drachenfürst. »In ihren Siedlungsgebieten gibt es nicht genügend Wildtiere um alle zu ernähren. Irgendwann haben dann die Schwarzpelze die Braunen als Nahrungsquelle entdeckt und umgekehrt. Für uns Himmelsflieger war diesen Entwicklung natürlich eine tolle Sache. Dadurch wurde die totale Ausrottung unserer Rasse verzögert.« »Und was ist mit den Ockerfarbenen?« »Genau das gleiche Spiel.« »Sind sie den nicht in der Lage Wildtiere zu domestizieren und zu züchten«, wollte Eric wissen. Naran schüttelte nach menschlicher Art den Schädel und antwortete: »Das entspricht nicht ihrem Wesen. Sie brauchen schnelle Erfolge und wollen Beute machen. Langfristiges Denken ist nicht ganz so ihre Sache.« Etwas irritiert monierte Claire: »In dieses Bild passen die Tüftler aber nicht rein.« »Es gibt überall Ausnahmen, kleine Menschenfrau«, erläuterte ihr Aratu. »Die Kriegshäuptlinge sind dazu verdammt, wenn sie ihre Machtpositionen erhalten wollen, ständig neue Erfolge aufzuweisen. Im Laufe der Zeit ist ihnen natürlich auch aufgefallen, dass Siege nicht nur mit Massenheeren, sondern auch mit überlegenen Waffen erzielt werden können. Herstellt werden die Waffen aber von Handwerkern, die in der von Kriegern dominierten Welt normalerweise die unterste Kaste bilden. Doch die Anführern erkannten schnell, wie wichtig die Waffenhersteller für ihre Ziele waren. Deshalb änderten sie das Kastensystem. Heute stehen bei ihnen auch körperlich schwache Rammber, sofern sie intelligent und handwerklich begabt sind, in höherem Ansehen als gemeine Krieger. Sie können auch…, halt da fällt mir etwas ein.« Alle Blicke richteten sich auf Aratu. »Hatten die überfallenen Siedler auch Waffen dabei«, schoss eine unerwartete Frage aus dem riesigen Rachen des Drachenfürsten. »Äh, ja«, murmelte Ben verlegen, »aber nur altmodische Gewehre die Projektile aus Blei verschießen.« Erschrocken riss der Drachenfürst die Augen auf. Alle starrten ihn an. »Was ist?«, wollte Ben besorgt wissen. Aratus Augen schienen ihn zu durchdringen als er missmutig grunzte: »Das ist ein schlimme Neuigkeit. Ich denke, da haben wir ein ganz gewaltiges Problem am Hals. Ohne Blutvergießen wird es wohl kaum zu lösen sein.« »Glaubst du etwa, die pelzigen Hobbyfaschisten sind in der Lage diese Waffen nachzubauen?« Aratu nickte bedeutungsvoll, während seine riesigen Augen düster in die Runde blickten. »Wir müssen eure Mordinstrumente so schnell wie möglich aus ihren Fängen zurückholen, oder es kommen verdammt harte Zeiten auf uns zu«, brummte Naran verhalten. »Das ist wirklich eine üble Geschichte. Stell dir einmal hunderttausend solcher Wesen mit Schusswaffen vor, die den Tafelberg stürmen.« »Ach du heilige Scheiße«, fluchte Ben Miller jetzt unüberhörbar, »wir sollten sofort eine Plan entwickeln, ihnen die Waffen zu entreißen, sonst bekommen wir von den pelzigen Monstern ganz gewaltig den Arsch versohlt!« »Gut, machen wir eine Plan«, stimmte ihm der rote Drachen zu. Trotz des enormen Größenunterschieds arbeiteten Menschen und Himmelsflieger hervorragend zusammen. Immer mehr Drachen trafen auf dem Tafelberg ein und gesellten sich zu ihnen. »Da versammelt sich eine gewaltige Streitmacht«, brummte Ben anerkennend zu Aratu. »Mit denen sollte es uns doch gelingen, den aggressiven Kannibalen, dass Fell über die Ohren zu ziehen.« »Das hoffe ich doch mein Freund«, lachte der riesige Ureinwohner und legte dabei seine imposanten Zähne frei. Später am Abend saßen unzählige Himmelsflieger, umringt von über sechstausend Menschen, um ein riesiges Lagerfeuer und erzählten Anekdoten aus der langen Geschichte ihres Volkes.

Das Angebot

Aufgrund des hohen Arbeitspensums, war Ben schon sehr früh aufgestanden. Er erledigte noch einige Aufgaben vor dem Frühstück. Nun war er dabei, in aller Ruhe einen echten Kaffee zu trinken und die Seele für ein Weilchen baumeln lassen. Die Bohnen stammten aus seinem Privatschatz. Er hoffte in Zukunft einen kleine Kaffeeplantage auf Blaustern aufbauen zu können. Versonnen und gleichzeitig gähnend, blickte er aus dem Panoramafenster der Brücke nach draußen. Die Sonne Rotauge schickte sich gerade an, den noch jungen Morgen mit den ersten zarten Lichtstrahlen zu beglücken und die Kälte der Nacht zu vertreiben. Über dem Grasland lagen noch dicke fette Nebelfelder, die alles verbargen, was unter ihnen lag. Nachdem er den letzten Schluck aus der Tasse genommen hatte, ging er in einen kleinen Nebenraum, wo er eine knappe Stunde lang den notwendigen Verwaltungskram erledigte. Kaum hatte er seine Arbeit beendet, da schreckte ihn ein ein gewaltiger Lärm auf. Er ahnte schon wer für den Krawall verantwortlich war. Rasch zog er eine wärmende Jacke an und eilte aus dem Schiff. In der frühen Morgensonne bot sich ihm nun ein Anblick, der bis dahin noch nie eines Menschen Auge gesehen hatte. Fünfzig gigantische Drachenbullen, mit gespreizten Flügeln und auf den Hinterbeinen stehend, ließen mit einem infernalischen Brüllen die Erde erzittern. Der Ohrenbetäubend laute Schlachtruf dieser imposanten Streitmacht war noch in großer Entfernung auf Blaustern zu hören. Auf diesen Augenblick hatte Ben gewartet. Gemessenen Schrittes verließ er das Schiff. Zahlreiche Auswanderer hatten sich schon davor versammelt. Der historische Augenblick war ihnen alle durchaus bewusst. Nun gab es kein Zurück mehr. Gemeinsam mit den Drachen waren sie zu einer Macht geworden, die nicht mehr übersehen werden konnte. Aber noch war die eigentliche Gefahr nicht gebannt. Ihr Überleben stand noch immer auf des Messers Schneide. Doch sie wussten nun was zu tun war. Ein Lächeln huschte über das Gesicht von Ben, als sich seine engsten Mitarbeiter zu ihm gesellten. Er freute sich, nicht allein den Giganten der Lüfte gegenüber treten zu müssen. Ihre schiere Größe und der Anblick ihrer rasiermesserscharfen Zähne und Klauen, waren beängstigend genug. Dabei zeigten sich die Riesen fast immer freundlich und humorvoll. Die Not zwang sie zu dieser eigenwilligen Schicksalsgemeinschaft. Allerdings wussten Ben sowie der Drachenfürst - wenn es eine Zukunft für ihre Rassen geben sollte, dann nur gemeinsam. Die Begrüßung verlief herzlich. Kleinere Spötteleien heiterten die Stimmung auf. Doch gerade als Ben auf einige organisatorische Probleme zu sprechen kam, meldete sich Claire über Funk aus der Zentrale der Space-Truck 3009. »Wir haben gerade eine Rotte von Schwarzpelzen ausgemacht. Sie nähern sich ziemlich zielstrebig dem Plateau.« »Sie wollen mit euch Verhandeln«, knurrte Aratu mit gefletschten Zähnen. Seine scharfen Ohren hatten Claires Mitteilung gehört. »Und was soll ich jetzt tun?«, fragte Ben den Drachenfürsten. »Triff dich mit ihnen, aber nicht auf dem Heiligen Berg sondern unten in der Grasebene.« »Warum soll ich mich mit ihnen treffen?« Damit du dir deine eigene Meinung bilden kannst, mein Freund!« Eine halbe Stunde später traf Ben Miller, begleitet von Beowulf, Eric und Ian, auf den Unterhändler von Morlak-Ka. Die Zusammenkunft fand inmitten des Grasmeeres statt, das ihnen bis an die Knie reichte. Interessiert betrachtete Ben den riesigen Verhandlungsführer der Schwarzpelze von Kopf bis Fuß. Die Brust des imposanten Grizzly-Menschen war von zahlreichen Narben übersät. Er schien sie mit Stolz zu tragen. Insgesamt gesehen, konnte man ihn – gemessen mit menschlichen Maßstäben – nicht unbedingt als schön bezeichnen. Sein unglaublich massig wirkender Rumpf, wurde von kurzen aber kräftigen Beine getragen. Der größte Teil seines Körpers war mit einem zotteligen Pelz bedeckt, dass ölig in der Sonne glänzte. Ausnahmen bildeten die überaus muskulösen Arme. Sie schützte eine knorrige und lederartige Haut. Als durchaus beeindruckend konnte man seine mächtigen Pranken bezeichnen. Bestückt mit extrem scharfen Krallen, waren es tödliche Waffen, denen man nicht zu nahe kommen sollte. Insgesamt also eine imposante Gestalt mit unheilvoller Ausstrahlung, die man getrost als gefühlskalten Psychopathen bezeichnen konnte. Etwas grotesk dagegen, fast schon lächerlich, wirkte das etwa dreißig Zentimeter lange Horn auf seiner Schnauze. Dessen Hauptaufgabe, soviel hatte Ben schon von den Drachen erfahren, bestand hauptsächlich darin, die Weibchen zu beeindrucken. Wirklich gruselig dagegen, wirke sein abscheuliches Maul. Es enthielt zwei Reihen äußerst scharfkantiger Zähne. Ihm entströmte ein fauliger Geruch, der eine leichte Übelkeit in Ben's Magengegend erzeugte. Nüchtern erkannte der Schiffsführer, dass kein normaler Mensch gegen eine solche Kampfmaschine bestehen konnte. Hier paarte sich die Kraft eines Ochsen mit dem Mitgefühl eines als Herrenmensch gezeugten Großindustriellen bei Lohnverhandlungen. Werte wie Anstand und Moral waren ihnen wahrscheinlich genau so fremd wie einem Investmentbanker oder Großinvestor auf der Erde. Als Leibwächter und Folterknechte konnte sich Ben solche Kreaturen als Traum jeden Diktators sehr gut vorstellen. Aber leben konnte man mit solchen Abscheulichkeiten nicht. Anstatt einer Begrüßung bellte der Unterhändler in seiner rauen Sprache: »Der mächtige und überaus großzügige Kriegsherr Morlak-Ka macht euch ein einmaliges Angebot. Er gestattet euch am Leben zu bleiben, wenn ihr euch als seine untertänigen Diener unter seinem Schutz stellt. Eine Wahl habt ihr nicht, da ihr als Krieger kaum von Wert seid.« Er gab einer Gruppe von rangniederen Kriegern, die etwas fünfzig Meter hinter ihm standen, ein Zeichen, woraufhin sie mehrere nach Verwesung stinkende Säcke brachten. Sie bestanden aus einem groben Stoff. Vorsichtig stellten sie die seltsame Fracht vor ihren Anführer. Ben und Erik ahnten Schreckliches. »Was ist in den Säcken«, wollte Beowulf schroff von dem Unterhändler wissen. »Die Köpfe eurer Artgenossen.« »Ihr habt wohl noch nie etwas von Diplomatie gehört, oder?«, brüllte jetzt Ian zornig, die rechte Hand verdächtig nahe am Griff seiner 45er. Der Schwarzpelz ließ sich von dem Wutausbruch nicht beeindrucken. Unbeirrt fuhr er fort: »Der Kriegshäuptling verlangt von euch, das Bündnis mit den grausamen Himmelsfliegern auf der Stelle zu beenden.« »Was heißt hier grausame Himmelsflieger«, stöhnte Beowulf fassungslos. »Der ist doch nicht mehr ganz dicht im Oberstübchen.« »Ihr habt jetzt die Wahl zwischen Tod oder Unterwerfung«, dröhnte der Rottenführer erbarmungslos. »Was wählt ihr?« »Nun mal ganz langsam«, bremste Ben den Redeschwall des grimmig dreinblickenden Kriegers. »Erst bringt ihr mir die abgeschlagenen Köpfe von Pater Michael und seiner Gruppe und dann fordert ihr unsere Unterwerfung. So schnell geht das nicht. Ich brauche Bedenkzeit und muss zuerst mit meinen Leuten reden.« »Morlak-Ka drängt auf eine schnelle Entscheidung«, drohte der Angesprochene unverhohlen. »Unser Großer Führer vergibt nur selten eine solche Chance. Ergreift sie oder geht unter. Ich erwarte bis Sonnenuntergang eine Antwort.« Ohne ein weiteres Wort zu verlieren drehte sich der bullige Schwarzpelz um und marschierte mit einem leicht wiegenden Gang zu seinem Haufen zurück. »Was war denn das?«, keuchte Ben entgeistert und schaute Ian mit großen Augen an. »So führt man doch keine Verhandlungen.« »Ich glaube kaum, dass diese Wesen in der Lage sind einen Kompromiss zu schließen«, versuchte ihm stattdessen Beowulf zu verdeutlichen. »Sie wissen wahrscheinlich nicht einmal was eine Verhandlung ist.« Für den Rückweg brauchten sie nur knapp zwanzig Minuten. Ben berichtete Aratu von seinem kurzen Gespräch mit dem Unterhändler des Kriegshäuptlings. Dieser deutete mit leicht angezogenen Lefzen ein spöttisches Lächeln an. »Das war zu erwarten, mein kleiner Freund. Aber was mich viel mehr interessieren würde, wie viele Krieger hatte er mit dabei?« »Ich kann es nur grob schätzen – vielleicht Zweitausend?« »Gut, das wird ausreichen, um Morlak-Ka ein ebenbürtiges Geschenk zu machen«, knurrte der Drachenfürst bösartig. »Wie meinst du das?« »Gleich wirst du es sehen. Aber steige vorher auf und halte dich gut fest.

Der Krieg beginnt

Der Tod kam für die Schwarzpelze vom Stamme der Coronnen so schnell und unerbittlich, wie ein Blitz aus heiterem Himmel. Fünfzig wütende Herrscher der Lüfte, jeder einzelne eine unvergleichliche Kampfmaschine, stürzten sich im Sturzflug auf die völlig ahnungslosen Krieger von Morlak-Ka. Während sich Ben und seine Freunde nur mühsam auf den Rücken ihrer neuen Verbündeten halten konnten, metzelten diese gnadenlos ihre Feinde nieder. Ben war bestürzt über die zügellose Raserei der Drachen, die schon bald im Blut ihrer Feinde wateten. Weit erklang ihr infernalisches Kriegsgeheul über das Land und kündetet von der neu erwachten Stärke der Himmelsflieger. Sie verwandelten die Ebene in eine grausige Walstatt aus zerfetzten Leibern und düngten den Boden mit dem Lebenssaft ihrer Feinde. Zwar versuchten sich die Angegriffenen zu gut wie möglich zu verteidigen, aber der rasche Vorstoß der Himmelsflieger hatte ihre Reihen derart schnell in Unordnung gebracht, dass an eine vernünftige Gegenwehr nicht zu denken war. Die Drachen hingegen, kämpften wie im Rausch. Mit ihren mörderischen Krallen zerrissen sie ihre Opfer und schleuderten die Leichenteile hunderte von Metern durch die Luft. Erst, als der letzte Schwarzpelz mit zerschmetterten Gliedern am Boden lag, ließ der mächtige Drachenfürst das entsetzliche Schlachten beendeten. »Reist den stinkenden Leichen die hässlichen Köpfe ab«, brüllte Aratu in der vokalreichen Sprache seines Volkes. »Morlak-Ka liebt großzügige Geschenke«. Ein zustimmendes Brüllen aus fünfzig mächtigen Leibern war die Antwort. Ben erbrach sich haltlos am Rande des Schlachtfeldes. Auch Beowulf war bleich im Gesicht, doch gelang es ihm seinen Mageninhalt zu behalten. »Das ist erst der Beginn eines großen und schrecklichen Krieges«, donnerte der Drachenfürst pathetisch an die Menschen gewendet. »Solltet ihr nicht gewillt sein ihn zu führen, so unterwerft euch dem Kriegshäuptling der Schwarzpelze. Wenn ihr aber mit uns Himmelsfliegern eine neue großartige Zivilisation erschaffen wollt, so kämpft an unserer Seite.« »Ist ja schon in Ordnung, Aratu«, beeilte sich Ben zu sagen. »Ich war nur nicht auf deine verrückten Flugmanöver vorbereitet. Das nächste Mal werde ich ohne Frühstück in die Schlacht ziehen. Du willst doch sicherlich nicht, dass ich dir auf den Kopf kotze.« Aratu riss seinen goldfarbenen Augen auf und blickte erstaunt auf Ben herunter. Das sorgte bei seinen Drachenfreunden für einen spontanen Heiterkeitsausbruch und bei den Menschen kurzfristig für taube Ohren. Nach der spontanen Lachsalve, fragte der Drachenfürst: »Du wolltest doch noch etwas anders sagen. Wir können über alles reden. Also heraus mit der Sprache, Ben?« »Nun ja. Ihr habt hier ein furchtbares Blutbad angerichtet. Das hatten wir so nicht erwartet.« »Vergiss bitte nicht, wir sind Himmelsflieger, keine Menschen. Es dauert lange bis wir in die Schlacht ziehen, aber wenn, dann mit der ganzen Leidenschaft derer wir fähig sind.« »Dann wäre ja das Thema geklärt«, brummelte Ben verlegen. »Aber was wollt ihr mit den Köpfen der Schwarzpelze?« »Wie ich schon sagte, mein kleiner Freund. Das ist ein Geschenk für Morlak-Ka.« »Dann lasst uns das Präsent abliefern, mein großer Freund«, erwiderte Ben schlagfertig. »Da soll mal einer sagen, Drachen hätten kein Humor«, murmelte Beowulf doppelzüngig und betrachtete dabei mit leichtem Ekel, wie der Berg aus abgetrennten Häuptern immer größer wurde. Vor der Bruchlandung des Raumschiffes, war der ganze Planet mit Spezialkameras erfasst worden. So auch das riesige Hauptlager der Schwarzpelze, das sich in seiner Ausdehnung mit jeder Metropole der Erde messen konnte. Aratu und seine Artgenossen waren begeistert von dem Filmmaterial. Sofort begannen sie eine Strategie zu entwickeln. Normalerweise mieden die Drachen weiträumig die Ansiedlungen der verhassten Rammber, da die fortschrittlicheren Stämme mittlerweile über Torsionsgeschütze verfügten, mit denen sie Pfeile und Speere zielgenau und mir hoher Durchschlagskraft abfeuern konnten. Das war ein Hauptgrund dafür, weshalb sie nur so wenige Informationen über die von den Schwarzpelzen bewohnten Ansiedlungen besaßen. Doch nun, dank der hochauflösenden Filme, waren alle Positionen der Abwehrstellungen überdeutlich zu erkennen. Jetzt war es möglich, mit einem koordinierten Blitzangriff, alle Stellungen auf einem Schlag zu vernichten. »Morlak-Ka macht einen großen Fehler, wenn er euch unterschätzt«, murmelte Aratu nachdenklich beim Anblick der Bilder. »Körperliche Schwäche gleicht ihr mit einem erfinderischen Geist aus.« »Es ist immer gut von seinem Gegner unterschätzt zu werden, denn dann macht er Fehler«, grinste Ben. »Trotzdem sollten wir nicht überheblich werden. Es wäre fatal, wenn auch nur ein Himmelsflieger getötet würde.« »Du macht dir Sorgen um uns?«, fragte Naran verwundert. »Aber natürlich«, antwortete ihm Ben. »Um zu überleben sind wir auf Gedeih und Verderb aufeinander angewiesen. Eure Art ist kurz davor auszusterben und das will ich schon aus reinem Eigennutz verhindern.« »Ein besseres Motiv kann es nicht geben«, stimmte ihm Aratu zu, »aber jetzt wird es Zeit unseren Plan in Angriff zu nehmen.« Es gab einen inneren und äußeren Festungsring, bestehend aus mächtigen Erdwällen. Der äußere Wall war mit stabilen Palisaden befestigt, der innere aber mit hoch aufragenden zyklopischen Steinmauern. Dort befand sich auch die Halle der Krieger, der Palast des Kriegshäuptlings nebst dessen Harem. Was aber für die neue Allianz, bestehend aus Drachen und Menschen, noch wichtiger war - hier lebten und arbeiteten auch die Tüftler, die jetzt im Besitz der Gewehre waren. Leider standen dort auch die meisten Katapulte und Torsionsgeschütze. Hier mussten die Stellungen schnell und mit chirurgischer Präzision ausgeschaltet werden. Fehler durften sich die Drachen mit ihren menschlichen Verbündeten nicht erlauben, sonst würde Gevatter Tod eine reichliche Ernte unter ihnen einfahren. »Der Angriff könnte so wie gedacht gelingen, wenn das Wetter passt«, vermutete Oraban grüblerisch. »Wir brauchen unbedingt einen bewölkten Himmel.« »Das sehe ich auch so«, murmelte Ben in seinen Bart. »Was hältst du von der Sache Beowulf?« Der ausgebildete Soldat zog skeptisch seine rechte Augenbraue hoch als er sich die dreidimensionale Computeranimation der von Rammbern erbaute Großstadt anschaute. Dann knurrte er: »Die ganze Sache kann böse in die Hose gehen, wenn die jungen Drachen nicht genau meine Befehle befolgen.« »Das werden sie, Beowulf«, brummte Aratu bestimmt. Der Plan sah vor, eine Gruppe Jungdrachen, Scheinangriffe gegen den äußeren Verteidigungsring des Hauptlagers fliegen zu lassen. Beowulf war als Leiter für das Kommando „Frontal" vorgesehen. Fünf seiner alten Kameraden sollten ihn dabei unterstützen. Ihre Aufgabe bestand darin, mit leichten aber sehr effizienten Maschinengewehren vom Rücken der Himmelsflieger aus, die Palisaden der Großsiedlung von Bogenschützen und Speerwerfern zu säubern. Dazu benutzten seine Leute Patronen, die aus einem Spezialkunststoff hergestellt waren und mit Überschallgeschwindigkeit auf ihr Ziel auftrafen. Dabei lösten eine zweite, räumlich begrenzte Explosion aus. Für die Opfer waren sie absolut tödlich. Auch sie stammten aus Ian's Diebesgut, dachte Ben und fuhr sich verlegen mit dem Zeigefinger über die immer noch schmerzende Nase. Eine zweite Gruppe von kampferprobten Himmelsfliegern, mit Ian Butler als Anführer, sollte mit Brandbomben einen Feuergürtel um den inneren Festungsring legen. Einige Chemiker hatten sie mit viel Freude aus bordeigenen Mitteln des havarierten Frachters hergestellt. Des Weiteren sah die Planung vor, dass Aratu mit dreißig Drachenbullen die Halle der Krieger angreifen sollte, wo sich in der Regel die Leibgarde des Kriegshäuptlings aufhielt. Zeitgleich wollte Ben mit einer Truppe handverlesener Ex-Soldaten und Freiwilligen, die lang gestreckten Holzbauten der Tüftler erstürmen, um die vermissten Waffen zu bergen. Auf Ben's Drängen hin, hatten die Techniker in Eilarbeit, einfache aber zweckmäßige Brustharnische aus Stahlplatten für die Drachen zusammen geschweißt. Aratu, der stolze Drachenfürst war Anfangs von der Idee nicht sonderlich begeistert, glaubte er doch, von den Metallplatten beim Fliegen behindert zu werden. Eine Standpauke von Silvia Bergmann, die er mit großen Augen und vollkommen sprachlos über sich hatte ergehen lassen müssen, nötigte ihn dann zu einer Anprobe der beweglich gestalteten Panzerung. Sie war beim Fliegen keineswegs hinderlich. Das überzeugte auch die anderen Drachen, denn allen war klar, kräftigere Rammber konnten auch die wendigsten Himmelsflieger durch gezielte Speerwürfe im Bauchbereich treffen und schwer verletzten. Wenn alles so ablief wie die Planer von Drachen und Menschen erhofften, war es die Aufgabe von Naran und zwanzig weiteren Artgenossen, die Menschen aus der Stadt zu herauszufliegen. Alle wusste wie gefährlich diese Aufgabe war. Zum Abschluss der ganze Aktion sollten Brandbomben auf die Häuser der Tüftler geworfen werden, um eine vollständige Vernichtung eventuell nicht gefundener Gewehre zu garantieren. Ihnen stand nur eine knapp bemessene Zeit zur Verfügung, denn trotz der guten Planung, konnte ein schnell durchgeführter Gegenangriff das ganze Unternehmen gefährden. Es wäre aber verhängnisvoll für die noch junge Allianz, sollte die Mission in einem Fiasko enden.

Die Festung

Als die Köpfe von über zweitausend Schwarzpelzen, eingepackt in groben Netzen, durch das Dach der Halle der Krieger krachten, purzelte Morlak-Ka erschrocken von seinem Thron aus Drachenknochen. Er hatte mit allem gerechnet, aber nicht mit einer so schnellen und brutalen Antwort der Pelzlosen. Doch das war erst der Anfang. Ein riesiger Drachenbulle stieß mit wildem Brüllen durch die neu geschaffene Öffnung im Dach. Sofort ergriff er sich den nächstbesten Krieger und zerriss ihn wie eine Puppe aus Stroh. Entsetzt flohen die meisten seiner Leute aus dem Gebäude. Doch das war eine Falle. Vor dem Bau begrüßte sie der Tod mit rasiermesserscharfen Krallen und mächtigen Fangzähnen. Was folgte war ein grausames Gemetzel. Wütende Drachen in wilder Raserei kannten keine Gnade. Panik machte sich unter den zurückgebliebenen Pelzträgern breit. Nur die gut gedrillte Leibwache des Kriegshäuptlings hielt die Stellung. Sie ließen sich keine Angst anmerken. Routiniert nahmen sie ihren Herrn in die Mitte und schützten ihn mit einem Wall aus Speeren. Doch auch sie wollten mit ihm aus der Halle fliehen. Morlak-Ka stoppte sie mit einem herrisch gebrüllten Befehl. Der scharfsinnige Kriegshäuptling ließ sich von dem Chaos nicht so leicht beirren. Misstrauisch beobachtete er den durch das Dach eingedrungenen Drachenbullen, der gerade dabei war, ein weiteres Opfer zu zerfleischen. Eine seiner Stärken war sein untrüglicher Instinkt für Gefahren. Dieser Himmelsflieger schien nur daran interessiert zu sein, die anwesenden Rammber in Furcht zu versetzten, damit sie flohen und seinen Artgenossen vor der Halle in die Fänge liefen. Er wusste was zu tun war. Mit harter Stimme befahl er die noch nicht getürmten Unterhäuptlinge zu sich. Sie sollten nicht sinnlos in ihren Untergang rennen. Hilfsbereitschaft und Mitgefühl spielten dabei keine Rolle. Es geschah aus reinem Eigennutz, denn er konnte es sich in der augenblicklichen Situation nicht leisten, noch weitere Führungskräfte zu verlieren. Es gab einen Ausweg, der aber nur für den äußersten Notfall gedacht war. Dabei handelte es sich um einen Fluchttunnel, der sich unterhalb des Knochenthrons befand. Geschwind schob er das beinerne Möbelstück zur Seite, winkte die Überlebenden zu sich heran und kletterte mithilfe einer grob gezimmerten Leiter in die Tiefe. Mit einer stark geschrumpften Zahl von Unterhäuptlingen und einem angesenkten Pelz entkam er dem tödlichen Inferno. Etwa dreihundert Meter von der Halle der Krieger entfernt, endete der Tunnel in einem kleinen steinernen Gebäude, das auf einer Anhöhe lag. Morlak-Ka, der mächtige Kriegshäuptling, war den Drachen entkommen. Sie hatten ihr Ziel nicht erreicht. Das erfüllte ihn mit Stolz. Sofort begab er sich zu einer kleinen Sichtluke im Mauerwerk. Allerdings gefiel ihm nicht, was er von dort aus zu Gesicht bekam. Ein mörderisches Feuer verbrannte das wertvolle Waffenarsenal. Er schäumte vor Wut, denn es gab nichts was er gegen das Inferno tun konnte. Weitere Brände verhinderten, das Ersatztruppen in den inneren Verteidigungsring gelangen konnten. Doch pures Entsetzen erfasste ihn, als er sah, wie unzählige Drachen, von Pfeilen und Wurfspeeren unerreichbar, über der Stadt kreisten und metallene Behälter nach unten warfen. Dort explodierten sie mit furchtbarem Donnern und spukten, einem Vulkan gleich, Feuer und Verderben aus. Er hatte die Pelzlosen total unterschätzt. Ihre körperliche Schwäche schienen sie mit Klugheit auszugleichen. Gemeinsam mit den Drachen bildeten sie nun eine nicht zu unterschätzende Macht. Aber Morlak-Ka fühlte sich keineswegs eingeschüchtert. Auch wenn heute unzählige Schwarzpelze im Höllenfeuer der Feinde verbrannten, so schwächten sie ihn nicht wirklich. Pelzlose gab es nur sehr wenige und die Zahl der Himmelsflieger war überschaubar. Er aber konnte Millionenheere aufstellen. Das Leben seiner Untertanen bedeutete dem mächtigen Anführer wenig. Bälger warfen die Frauen mehr als genug. Aber der materielle Verlust zürnte ihn gewaltig. Innerhalb der Festung lagerte in einigen der größeren Gebäude die Beute aus jahrelangen Kriegszügen, sie machten einen Teil seiner Macht aus. Schnaubend ballte er seine Pranken zu monströsen Fäusten. Doch eine Frage, die sich sein Unterhäuptling, Kara-Ur, laut stellte, riss ihn aus geschockt seinen finsteren Gedanken. Der treue und gradlinig denkende Krieger wollte wissen, wie lange es wohl dauern würde, die Tüftler zu ersetzen, die gerade dem Feuer und dem wüten der Drachen zum Opfer fielen. Da erkannte der Kriegshäuptling den wahren Schaden des hinterhältigen Angriffes. Sofort schickte er einen Teil seiner Leibgarde zu den Werkstätten der handwerklich begabten Rammber. Sie sollten so vielen wie möglich von ihnen retten.

Eine blutige Suche

Die Tüftler, obwohl keine ausgebildeten Kämpfer, wehrten sich mit unglaublichem Geschick. Schnell bemerkte Ben, dass die Handwerker wesentlich flinker waren, als ihre in Mord und Totschlag ausgebildeten Artgenossen mit ihren riesigen Muskelbergen. Es kostete viel Zeit, sie niederzuringen. Seit dem Angriff auf das Hauptlager von Morla-Ka waren schon 15 Minuten vergangen und noch immer waren die Waffen nicht gefunden. »Wenn es uns nicht bald gelingt, die Gewehre in unser Obhut zu bringen, müssen wir eine Wasserstoffbombe über dem Areal zünden«, mahnte Eric. »Wir können den Kampf nicht ewig hinausziehen. Es wurden schon drei Himmelsflieger schwer verletzt.« »Ich möchte die Bombe nur im äußersten Notfall einsetzen«, widersprach Ben.

»Mir persönlich ist das Restrisiko zu hoch.« »Dann lass uns noch einen Zahn zulegen, sonst wird es eng«, brummte Eric. Ben nickte zustimmend, wischte sich den Schweiß von der Stirn und knurrte schlecht-gelaunt: »Das ist das letzte Gebäude. Wenn wir hier nichts finden hauen wir ab.« »Runter mit dem Köp-fen«, brüllte in diesem Moment Michael Hagström, ein zwanzigjähriger Techniker, der sich als Freiwilli-ger gemeldet hatte und für seine schnelle Auffas-sungsgabe bekannt war. Sofort ließen sich Ben und Eric fallen. Sie konnten gerade noch sehen wie ein dichter Schwarm aus Speeren über sie hinweg saus-te. Kaum auf dem Boden, brachten die Männer ihre Schnellfeuergewehre in Stellung und belegten eine dunkle Masse pelziger Leiber, die wild brüllend auf sie zustürmten, mit einem Regen aus tödlichen Ge-schossen. Das infernalische Knattern der Waffen übertönte den donnernden Lärm der brennenden La-gerhäuser. Die Schreie der getroffenen Schwarzpel-ze gingen in dieser mörderischen Geräuschkulisse unter. Sie wurden von der zweiten Sprengladung in den Projektilen regelrecht zerfetzt. Doch angetrieben von einer unglaublichen Aggressivität rannten sie, das tödliche Feuer ignorierend, weiterhin blindlings auf ihre Feinde zu. In ihrer Besessenheit waren sie zu keinem vernünftigen Gedanken fähig. Erst nach einer weiteren halbe Minute war das Gemetzel been-dete. »Wo kamen denn die den plötzlich her?«, schimpfte Eric McLaren nach dem kurzen Gefecht ungehalten und versuchte eine heftig blutende Wun-de an seinem rechten Arm mit einem Verbandsspray zu schließen. »Das sind Krieger aus der Leibgarde von Morlak-Ka«, informierte ihn Ben mit lauter Stim-me. »Aratu hat mir erzählt, dass jeder dieser Monster fünfmal zu gut wie ein durchschnittlicher Rammber ist.« Kaum hatte er zu Ende gesprochen, da nahte schon eine weitere Horde Krieger wild brüllend im Laufschritt. »Die brauchen eine Sonderbehandlung«, grollte Eric böse, sprang blitzschnell auf die Beine, um einen besseren Stand zu haben und belegte, die feindlichen Wurfgeschosse missachtend, seine Gegner gezielt mit todbringenden Salven aus seiner Waffe. »Das dauert alles viel zu lange«, schimpfte Ben beim wechseln seines Magazins verärgert. »Wir liegen schon fünf Minute hinter dem Zeitplan.« »Macht euch keine Sorgen, gleich ist das Problem gelöst«, hörten sie die fröhliche Stimme Hagström's tönen. »Runter!«, schrie jetzt Eric entsetzt. »Der hat eine Granate scharfgemacht.« Mit der verspielten Naivität der Jugend, wiegte Michael die explosive Technik für eine Sekunde in der Hand und warf sie dann in hohem Bogen auf die Krieger der Leibgarde. RUMMMS!!! – Eine ohrenbetäubende Detonation übertönte das Kriegsgeschrei und ließ alle für einen Moment verstummen. Dann fegte eine gewaltige Druckwelle über sie hinweg, die Dreck, Holzsplitter und Leichenteile mit sich führte. Einige Sekunden lang lag Ben starr vor Schreck mit dem Gesicht im Matsch und fragte sich verwundert ob er nun Tod sei oder sich gerade auf dem Weg in die Hölle befand. Aber ein stechender Schmerz in seiner rechten Gesäßseite überzeugte ihn dann doch davon, dass ihn das Schicksal aus unerfindlichen Gründen davor verschont hatte, als Geist über den Dingen zu schweben. Langsam, ganz bedächtig richtete er seinen gepeinigten Körper auf. Nur mühsam unterdrückte er ein Stöhnen. Alle Selbstbeherrschung auf-bietend fragte er mit steinernem Gesicht in Erics Richtung: »Welcher Spinner hat diesen Irren mit solchen Mordinstrumenten ausgerüstet?« »Oh, ich glaube das war Ian«, murmelte Eric verlegen. »Seit wann habe ich dir erlaubt kleine Jungs mit den gefährlichen Trump-Granaten auszurüsten?«, fragte Ben den Mann mit einem gefährlichem Unterton in der Stimme. »Die dürfen normalerweise nur von speziell dafür Ausgebildeten Soldaten gehandhabt werden und sind nicht unbedingt als Kinderspielzeuge geeignet.« »Eh Leute, regt euch nicht auf«, mischte sich jetzt Hagström ein. »Wir haben jetzt eine sturmfreie Bude.« Aufgeregt deutete er in die Richtung des letzten großen Holzbaus. Die Information den jungen Mannes ignorierend und mit immer noch bewegungsloser Miene, schaute sich Ben des Ort des Massakers an. Dort wo kurz zuvor noch eine ganze Truppe mörderischer Rammber gestanden hatte, war jetzt nur noch ein Krater mit schwarzgebranntem Rand zu sehen. »Bring ihn bitte nicht um«, hörte Ben durch das Pfeifen in seinen Ohren die vertraute Stimme von Eric, die trotz der angespannten Situation einen spöttischen Unterton besaß. »Er ist noch so jung und ganz grün hinter den Ohren. Erst vor kurzem hat er noch Windeln getragen. Man kann ihn deshalb unmöglich für seine Taten verantwortlich machen.« »Mein Sohn«, flüsterte Ben mit einem grimmigen Blick, und raubtierartigem Brummen in der Stimme, an den fröhlichen jungen Mann gewandt, »wir haben verdammtes Glück noch am Leben zu sein. Wenn du noch einmal so einen Scheiß' baust, schiebe ich dir höchstpersönlich eine Minibombe, aus meiner privaten Sammlung, in eine dafür nicht vorgesehene Köperöffnung, Verstanden?« Sofort verging Michael Hagström das Lachen. Mit hängenden Schultern nickte er schuldbewusst und blickte beschämt zu Boden. Ohne ein weiteres Wort über den Zwischenfall zu verlieren, befahl Ben die letzte Halle zu untersuchen. Vorsichtig, ständig nach einem Hinterhalt Ausschau haltend schlichen sie sich an den Bau heran. Diese Werkstatt der Tüftler war relativ groß und besaß sogar ein Fundament aus massiven Felsblöcken. »In dem Gebäude müsste doch was zu finden sein«, vermutete Ian Butler hoffnungsvoll, als sie das Bauwerk betraten. »Umsonst hätten die den Laden nicht so schwer bewacht. Mürrisch entgegnete ihm der Schiffsführer: »Ist mir jetzt scheißegal, in spätestens zwei Minuten breche ich die Aktion ab.« »Da sind sie ja«, erklang in diesem Augenblick Eric's Stimme erfreut. Begeistert zeigte er in einen Nebenraum. »Wie es sich gehört, fein säuberlich aufgereiht.« Ben staunte nicht schlecht als er die Gewehre in passenden Ständern vorfand. Eine Waffe lag akkurat auseinander genommen auf einem Arbeitstisch. Sarkastisch bemerkte Eric: »Nicht übel für Wesen, die noch nie zuvor eine Feuerwaffe in den Pranken hielten.« Ben bedachte seine Bemerkung mit einem vorwurfsvollen Blick. Ohne auf die anderen zu achten zählte Ian die Schusswaffen. Ärgerlich brummte er: »Verdammt, das sind zwei mehr als ich Pater Michael ursprünglich ausgehändigt habe.« »Da hat dich der alte Schurke doch noch hintergangen«, kicherte Eric. Ben schaute ihn nachdenklich an und murmelte verdrießlich: »Ja, aber viel genützt hat es ihm nicht.« Schnell verstauten sie die Waffen in Ledersäcken und legten noch einige Brandherde. Sie verloren bei der Arbeit keine weiteren Worte. Anschließend verließen sie hundemüde und abgekämpft die Werkstatt der Tüftler. Naran wartete schon ungeduldig auf sie. Heiser berichtete er: »Morlak-Ka hat mehrere Katapulte und Schleudern in Stellung bringen lassen. Hatte nicht gedacht, dass er so schnell reagiert. Wir müssen sofort von hier verschwinden, sonst kann er heute Abend seine Leute mit Drachenfleisch verköstigen.« »Gibt es noch weitere Verluste? «, fragte Eric den Drachen. »Ja einige, aber am schlimmsten hat es Maru erwischt. Er wurde aus kurzer Distanz von einem Stein am Kopf getroffen wurde. Ein Lastenhelikopter hat ihn bereits geborgen und zurück ins Lager gebracht.« »Das ist doch dieser wunderschöne weiße Drachen mit dem silbernen Brustpelz«, stöhnte der Chefingenieur schockiert. »Hoffentlich können wir ihn retten.« »Das hoffe ich auch, denn er ist ein guter Freund von mir«, brummelte Naran traurig. »Leider ist dieser risikobereite Heißsporn in der Schlacht kaum zu bremsen und hatte bisher, wie ihr Menschen sagen würdet, mehr Glück als Verstand.« »Dafür hat mein Schutzengel heute nicht richtig aufgepasst«, ärgerte sich Ben und gedachte seiner Fleischwunde am Allerwertesten. »Jetzt wird es aber Zeit von von diesem ungastlichen Ort zu verschwinden.« Schnell kletterten sie auf die schon wartenden Himmelsflieger. Ben stöhnte gepeinigt auf als sich seine Verwundung mit aller Heftigkeit meldete. Jetzt vermisste er eine weiche Polsterung für sein im Kampf malträtiertes Hinterteil. Aber alles Jammern nützte nichts. Er biss die Zähne zusammen und versuchte den Schmerz zu ignorieren. Etwas wehleidig dachte er daran, wir hart und grausam doch das Leben sein konnte. Dann hoben die Drachen ab. Wie Pfeile schossen die mächtigen Wesen mit ihren Passagieren fast senkrecht in die Höhe. Sie waren die Letzten, die den Kriegsschauplatz verließen. Als sie auf etwa 500 Meter gestiegen waren, gingen die Herren der Lüfte in einen waagrechten Flug über. Erst da getraute sich Ben auf das Meer brennender Hütten und Wohnhallen hinunter zu schauen. In dem gigantischen Lager der Schwarzpelze wütete ein verheerendes Feuer. Es glich einem glühenden alles vernichtenden Lindwurm, der in dem trockenen Holz der Bauten eine willkommene Nahrung fand. Tausende Schwarzpelze verbrannten bei lebendigem Leibe in den engen Gassen und Winkeln ihrer Stadt. Andere erstickten qualvoll an Sauerstoffmangel. Die Schreie und das Heulen der Pelzträger hallten weit in das Land und waren Musik in den Ohren der Drachen. Nicht so für Ben. Er wusste, es war ein großer Sieg, aber bezahlt mit dem Leid unzähliger Kreaturen, die nichts dafür konnten, dass einst eine Alien-Rasse aus ihren friedlichen Vorfahren, eine Spezies destruktiver Bestien geschaffen hatte. Er überlegte bereits, ob diese unglückselige Manipulation wieder rückgängig gemacht werden konnte. Doch leider besaßen die Siedler nicht die Kapazitäten um sich jetzt einer solchen Aufgabe zu stellen. Dringendere Problemen harrten ihrer Lösung. Doch wollte er die Idee im Hinterkopf behalten. Jetzt galt es einen Sieg zu feiern, der größer war als er erhofft hatte. Die innere Festung mit ihren Waffenarsenalen war komplett zerstört. Nur wenige Tüftler waren mit dem Lebe davongekommen. Die Allianz, bestehend aus Himmelsfliegern und Menschen, hatte eine erfolgreiche Schlacht geschlagen.

Das Fest der Himmelsflieger

Kurz nachdem Pandarum, der letzte Drachen auf dem Plateau gelandet war, begann Aratu mit ausgestreckten Flügeln einen hohen Ton anzustimmen. Nach und nach gesellten sich weitere Artgenossen zu ihm und verstärkten seinen Gesang. Es klang wie das Heulen und Brausen eines fürchterlichen Sturmes, der sich erhob um die Welt zu erschüttern. »Was geht hier vor?«, fragte Ben einen der Drachen, der aufgrund seiner Verletzungen nicht an dem seltsamen Ritual teilnehmen konnte. »Aratu, der Fürst der Himmelsflieger, ruft sein Volk zum Heiligen Berg, um das Fest der Zeitenwende zu feiern«, antwortete ihm der Angesprochenen glücklich. »Unser Lebensmittelvorrat ist leider sehr begrenzt«, stellte Ben nüchtern fest. »Um aber ein Fest zu feiern, muss man seine Gäste auch bewirten können.« »Mach dir darum keine Sorgen, kleiner Menschenführer«, lachte der Drache lauthals, »dafür wird schon gesorgt werden.« Ein seltsam verschwommener Fleck am Himmel, der sich langsam auf sie zu bewegte, erregte die Aufmerksamkeit von Silvia Bergmann. Verlegen tippte sie Ben auf die Schulter und wollte von ihm wissen: »Kannst du erkennen was das ist?« Doch bevor der Angesprochene reagieren konnte erklärte Satira von ihrem Lager aus: »Das ist Ragan der Starke mit seinem Clan.« »Und wie viele Mitglieder hat seine Familie?«, erkundigte sich Ben neugierig. »Ungefähr einhundertfünfzig«, informierte ihn die Drachendame. »Puh, das sind aber viele«, ächzte Eric, der mit einem Fernglas bewaffnet, sich zu der Gruppe gesellt hatte. »Seine Familie zählte noch vor fünfzig Planetenjahren zweitausend Himmelsflieger«, flüsterte die verletzte Drachenschönheit traurig. »Jetzt kämpfen sie um das nackte Überleben.« »Tut, tut, mir leid, so habe ich das nicht gemeint«, stammelte Eric verunsichert. »Sie sind alle herzlich Willkommen.« »Wir legen nicht jedes einzelne Wort auf die Goldwaage, wie ihr Menschen sagen würdet«, beruhigte ihn Satira mit einem Schmunzeln. Mit klagendem Summen näherte sich ihnen in diesem Moment ein kleiner Transporter, dessen Elektromotor eindeutig überlastet war. Gesteuert wurde er von Boris Steinhausen, dem Zoologen. Auf der Transportfläche stand ein mächtiger Kübel, in dem ein Gebräu hin und her schwappte, das einen undefinierbaren Geruch verströmte. Vorsichtig lenkte er das Gefährt genau unter Satiras Kopf. »Was hast du den vor?«, fragte ihn Ben irritiert und blickte dabei verständnislos auf den Behälter. »Das ist ein Vitamincocktail für meine Freundin«, spaßte der junge Mann mit schelmischem Gesichtsausdruck. »Wenn sie mir verspricht nicht zu fliegen, kann sie heute an dem großen Fest teilnehmen.« »Dafür hast du was bei mir gut«, jubelte Satira und strahlte Boris mit ihrem schönsten Lächeln an. »Der Junge weiß wie man Frauen eine Freude bereitet.« »Ja, aber zuerst musst du deinen Becher leer trinken«, mahnte sie der Zoologe belustigt. »Eher lasse ich dich nicht gehen.« Nachdem die Blausterngrazie das Getränk zu sich genommen hatte, entfernten Boris und sein Freunde vorsichtig das Gestell unter ihren Flügeln. Anmutsvoll erhob sich Quartus Mutter von ihrem Lager. Bewundernd verfolgten die anwesenden Menschen jede ihrer Bewegungen. Sie besaß tatsächlich eine unglaublich natürliche Grazie und eine fast überirdischen Schönheit. Jetzt verstand Silvia warum Drachenbullen immer so verliebt dreinblickten, wenn sie von Satira sprachen. Langsam schritt der Tag zur Neige und die Sonne verabschiedete sich mit ihren letzten silbrigen Strahlen am Horizont. Wie von einem Maler hin gezaubert standen vereinzelnd bauschige Wolkenballen in der windstillen Luft. Ein Anblick, der selbst dem härtesten Kotzbrocken romantische Gefühle entlocken konnte. Mittlerweile bevölkerten tausende Drachen den Tafelberg und verwandelten die trostlose Fläche in einen fröhlichen Ort, wo das Leben tobte. Viele hatten Proviant für das bevorstehende Fest mitgebracht und sorgten für ein reichhaltiges Angebot von verschiedenen Fleischsorten. Überall loderten riesige Feuerstellen an denen Himmelsflieger erlegte Beutetiere rösteten. Junge Drachen umflogen in wilden Wettflügen das Plateau und strapazierten mit lautem Gejohle ihre Stimmbänder und die Ohren ihrer Artgenossen. Ältere Himmelsflieger fanden sich zusammen, um gemeinsam uralten Lieder zu singen. Anfangs klangen die Melodien noch ungewohnt für die Menschen, doch schon bald begannen einige geübte Vokalisten bei den Gesängen mit einzustimmen. Aber auch die Heilkunst der Menschen hatte sich unter den großen Wesen herumgesprochen. Ein Team, unter der Leitung von Boris Steinhausen, hatte es sich zur Aufgabe gemacht, Himmelsflieger, die dringend einer medizinischen Versorgung bedurften, namentlich zu erfassen. Kleinere Verletzungen ließ der Zoologe an Ort und Stelle versorgen. Für schwierigere Fälle, wie falsch zusammengewachsene Flügelknochen, machte er Termine aus. Solche Missbildungen konnten leicht korrigiert werden, bedurften aber eines längeren Heilungsprozesses. »Dieser Abend wird mit Sicherheit in die Geschichtsbücher eingehen«, vermutete Ben gedankenverloren inmitten seiner Führungscrew. »Noch vor wenigen Tagen sah unsere Zukunft düster und hoffnungslos aus und jetzt feiern wir ein Fest mit neuen Bundesgenossen, die, um es etwas vorsichtig auszudrücken, mit dem Prädikat „Extrem Außergewöhnlich" zu bewerten sind.« Ohne dass sie es bemerkt hatten, war Aratu von hinten an seine menschlichen Freunde herangetreten. Vorsichtig senkte er seinen Kopf herunter und brummelte: »Das freut mich zu hören.« Erschrocken kreischte Eva Cortez auf. Wütend schimpfte sie: »Wenn du das noch mal machst, spiele ich dir zwei Stunden lang Bollywood-Filmmusik aus dem 21 Jahrhundert vor. Danach bist du reif für die Klapsmühle.« Ein ausschweifendes Gelächter war die Folge. Immer noch Beleidigt blickte die Meteorologin in die Runde. Süffisant bemerkte der Drachenfürst: »Ich hätte nie gedacht, das eine so hübsche Menschenfrau sich solch verbale Entgleisungen erlaubt.« Da schimpfte die dunkelhaarige Frau erbost: »Alle Männer sind Schw…« EVA!«, unterbrach sie Ben hastig. »Hüte deine Zunge.« Für Aratu gab es nun kein Halten mehr. Lauthals lachte er brüllend los. Ungewollt erzeugter er dabei die Lautstärke eines startenden Düsenjets. »Wenn du den großen roten Kerl mal richtig Foltern willst, musst du ihm schon andere Musik vorspielen, mein Schatz«, mischte sich jetzt Ian in die Debatte ein. »Da gab es wesentlich schlimmere Kaliber als die tanzwütigen Inder in ihren bunten Klamotten. Akustischer Sondermüll lief im 21. Jahrhundert zur allgemeinen Volksverdummung ständig in den Radios.« »Stimmt«, prustete Eric lauthals lachend hervor. »Gab da nicht so einen talentfreien Fettsack, dessen Markenzeichen eine hässliche Mütze war. Soweit ich weiß trieb er sein musikalisches Unwesen im Alpenraum. Mit der klanglichen Untermalung dieses Trachten-Zombies auf Droge, düsten zumeist alkoholisierte Skifahrer über die verschneiten Pisten unschuldiger Berghänge und sorgten dafür, dass Unfallärzte in den umliegenden Krankenhäusern immer genug zu tun hatten.« »Nannte der sich nicht nach einer uralten Leiche, die sie damals zufällig in diesem Gebirge gefunden hatten?«, fragte Ben neugierig. »Das kann sein. Allerdings gab es damals viele solcher Klangmüllproduzenten, die sich mit akustischen Geschmacksverirrungen dumm und dämlich verdient haben.« Und irgendein anderer Gehörgangvergewaltiger aus der Schweiz nannte sich DJ-Arsch oder so ähnlich«, grölte Beowulf fröhlich dazwischen und wischte sich einige Tränen der Heiterkeit aus den Augen. Der blonde Nachfahre von Wikingern hatte einen eindeutig überhöhten Promillewert in der Blutbahn. Das war eine ziemlich üble Zeit«, murmelte Eva nachdenklich. »Damals gelang es den Eliten in Europa und in Amerika problemlos, durch gezielte Desinformation und einer kriminelle Finanzpolitik, die Bürger ihrer Länder zu enteignen. Das funktionierte Problemlos, da das gemeine Volk schon über die Massenmedien derart verblödet war, dass sie es sogar kritiklos hinnahmen, wenn gewählte Regierungsoberhäupter von einer marktkonformen Demokratie sprachen. Eigentlich hätte man solche Politiker auf der Stelle mit Schimpf und Schande aus ihren Ämtern jagen sollen, aber das Kapital hatte die Demokratien schon derart korrumpiert, dass die Schafe, also das Wahlvolk, jedes mal aufs neue ihre eigenen Schlächter wählten.« »Aber Saufen bis der Arzt kommt«, lallte Beowulf kichernd dazwischen. Silvia, die sich bisher im Hintergrund gehalten hatte bemerkte leicht konsterniert: »Die Eliten auf der Erde haben schon immer bekommen was sie wollten. Ich frage mich nur, warum es die normalen Menschen nie geschafft haben, diese egomanischen Bastarde im Zaum zu halten oder besser noch, zum Teufel zu jagen?« In einem Anfall von bösartigem Zynismus murmelte Ben leise: »Vielleicht, weil es bei einigen, wahrscheinlich bei sehr vielen Menschen ein krankes

Bedürfnis nach Selbsterniedrigung gibt.« Diese Antwort ignorierend fragte der der junge Zoologe erstaunt: »Gab es keinen kritischen Journalismus?« »Kaum. Meist waren die Nachrichtenleute bessere Hofberichterstatter«, murmelte die Biologin leise und schüttelte dabei den Kopf. »In der Regel steckten die mit ihren Köpfen tief in den Ärschen der Mächtigen. Die Pressefreiheit galt übrigens nur für die Verlage, also deren Besitzer, nicht aber für die Journalisten. Die Lohnschreiber handelten notgedrungen nach dem Spruch des römischen Philosophen Seneca, der einmal sagte, wes Brot ich ess, des Lied ich sing.« »Soweit ich aus den Geschichtsbüchern eurer Datenbanken weiß, gab es in dieser Zeit doch so etwas wie Meinungsfreiheit?«, wunderte sich Aratu. »Das schon«, gestand Ben beschämt, »hat aber mit der Realität sehr wenig zu tun, da auch schon damals fast die gesamte Medienmacht in der Händen weniger Konzerne lag. Die hatten aber eigene Interessen, wozu eine objektive Berichterstattung mit Sicherheit nicht gehörte.« »Oh je«, seufzte Aratu theatralisch, »was für ein Irrsinn. So viel offensichtliche Ignoranz von Intelligenz kann mein einfaches Drachengemüt kaum aushalten.« »Und in den Radios lief ständig Bumms, la la la la la, Bumms la la la la la«, grölte Beowulf völlig unmotiviert aber fröhlich dazwischen und schwenkte dabei eine fast leere Flasche schottischen Whiskys im Takt. Leicht pikiert blickte Silvia den trunkenen Mann von der her Seite an und murmelte anzüglich: »Für die Massen produzierte Unterhaltungsmusik war schon immer nur mit sehr viel Alkohol zu ertragen.« »Oder ganz wenisch Hirn«, kicherte Beowulf mit leichter sprachlicher Einschränkung. »Jetzt kann ich auch verstehen, warum ihr eure Heimaltwelt verlassen habt«, resümierte Aratu fast mitleidig. »An einem Ort, wo man mit Geschmacklosigkeiten und offensiv vorgetragener Dummheit viel Geld verdienen kann, möchte doch kein Wesen mit Verstand leben.« Erstaunt blickte ihn Ben an und fragte verwundert: »Wie kommst du den darauf? Du weißt doch gar nicht, was es bedeutet Geld zu verdienen und Besitz zu haben. Ihr Himmelsflieger habt doch ein ganz anderes Wertesystem.« »Ja, zum Glück haben wir ein anderes Wertesystem. Da ist doch bei den Menschen – wie ihr sagen würdet – etwas ganz gewaltig aus dem Ruder gelaufen. Es kann doch nicht sein, dass Wenige fast alles besitzen und viele am Rande der Armut dahinvegetieren müssen, weil sie für ihre Arbeit nur einen Hungerlohn bekommen. Wo bleibt da die Logik?« »So vereinfacht kann man das doch nicht sehen«, maulte der Anführer der Menschen sichtlich angeschlagen. »Wieso nicht? Die Mächtigen auf eurem Heimatplaneten verhalten sich doch genauso wie die Kriegshäuptlinge der Rammber. Es sind rücksichtslose und brutale Wesen, die nur ganz egoistisch an sich denken, ihre Artgenossen brutal ausbeuten und mit ihrer unsensiblen Politik auch noch die Umwelt zerstören.« »Das ist ein übler Vergleich«, beschwerte sich Ben. »Mag sein«, dröhnte Aratus Bass und schaute ihn mit seinen großen goldfarbenen Augen spöttisch an, »aber nach allem was ich weiß, werden auf der Erde Habgier, skrupelloses Verhalten und Maßlosigkeit verbunden mit pathologischem Narzissmus, als positive Charaktereigenschaften angesehen. Letztendlich lassen sich die Massen auf der Erde ganz freiwillig von den größten Arschlöchern der eigenen Spezies erniedrigen und kriechen ihnen auch noch unterwürfig in den vergoldeten Anus. Da bleibt der gesunde Menschenverstand aber ganz gewaltig auf der Strecke.« Daraufhin brummte Ben zutiefst beschämt: »Beenden wir lieber dieses Thema, bevor es uns weiter in die Abgründe menschlicher Irrungen führt.« Wie aus heiterem Himmel kam in diesem Momente Quartu mit flatternden Flügeln und vollkommen aufgeregt auf die Gruppe zu gerannt. »Was gibt es?«, fragte ihn der Drachenfürst freundlich und wartete geduldig bis der Kleine wieder zu Luft kam. »Naran schickt mich«, keuchte der junge Himmelsflieger immer noch nach Atem ringend. »Er lässt dir ausrichten, dass der Tanz der Sterne beginnt.« »Tanz der Sterne?«, fragte Silvia neugierig. »Das ist ein wirklich seltenes Spektakel, das nur zu besonderen Anlässen aufgeführt wird«, antwortete ihr der Drachenfürst feierlich. »Wir fliegen bis zum Rand der Welt und erfreuen uns am Glanz der Sterne, deren Kinder wir sind.« »Aber Blaustern ist doch eine Kugel und hat überhaupt keine Rand«, wunderte sich die Biologin erstaunt. »Mein Schatz, du stehst wieder einmal auf der Leitung«, lachte Ian und drückte seiner Geliebten einen sanften Kuss auf die Stirn. »Für einen Himmelsflieger ist die Mesosphäre der Rand der Welt.« Langsam erhoben sich jetzt die ersten Drachen vom Plateau und flogen in einem flachen Winkel in die Höhe. Immer mehr Himmelsflieger folgten dem Beispiel und bildeten gemeinsam mit den anderen gigantische Spirale. Das gleichmäßige Schlagen ihrer Flügel klang wie das Brausen einer mächtigen Welle, die sich behäbig dem Festland näherte. Bald umkreisten über zehntausend Ureinwohner von Blaustern den Heiligen Berg und wirbelten die Luft zu einem kleinen Sturm auf. An der Seite seiner Mutter betrachtete Quartu begeistert das seltene Ereignis. Er war noch zu jung um die Troposphäre verlassen zu können. Ben wusste mittlerweile, dass ein Himmelsflieger erst im Alter von 30 Jahren soweit ausgewachsen war, dass er auch in der dünnen Luft der Stratosphäre überleben konnte. Noch weitere zwanzig Jahre dauerte es, bis ein Drachen einen kurzen Flug durch die Mesosphäre überstand. Ben vermutete, dass es für einen ausgewachsenen Himmelsflieger wahrscheinlich möglich war, einige Minuten im Vakuum des Weltraums schadlos zu überstehen. Der Beweis dafür musste allerdings erst erbracht werden.

»Ian, schau«, jauchzte gerade Silvia verzückt. »Sie beginnen Kreise zu bilden.« Tatsächlich flogen sie in mehreren Ringformationen, die sich gegenläufig drehten. »Das ist ja irre«, staunte jetzt auch Eric, »die Ringe leuchten in verschiedenen Farben.« »Jeder dieser Ringe symbolisiert einen Stamm des Himmelvolkes«, erklärte Satira ihren menschlichen Freunden. »Das Licht der Sterne bringt die Farben in den halbtransparenten Flügeln zum Leuchten.« »Selten habe ich etwas schöneres gesehen«, flüsterte Ben ergriffen. Der ganze Himmel über dem Heiligen Berg erglühte in einem überirdischen Meer aus unzähligen Farben. »Wie ist so was möglich?« Boris Steinhausen, der sich normalerweise nicht gerne in den Vordergrund drängte, fühlte sich genötigt die Frage zu beantworten. »Sie haben kristalline Strukturen in ihren Flügeln, die das Licht reflektieren aber auch verstärken und durchleiten können. So kommt dieser wundersame Effekt zustande.« »Jetzt beginnt sich alles aufzulösen«, schrie Eva Cortez aufgeregt und deutet mit dem Zeigefinger nach oben. »Das haben wir auch schon festgestellt«, konterte Ben mit sanftem Spott. Doch die dunkelhaarige Frau, beeindruckt von der Darbietung, überhörte die Bemerkung. »Das Beste kommt noch«, vernahmen sie unerwartet Satiras Stimme über ihren Köpfen. »Am Himmel wird gleich ein Diamant in tausend Farben erstrahlen.« Die elegante Drachendame hatte nicht zu viel versprochen. In der Form eines geschliffenen Edelsteins, der in tausend Kolorierungen aufleuchtete, formierten sich die Himmelsflieger am Firmament. Ein unwirkliches märchenhaftes Licht verwandelte die Landschaft in weitem Umkreis in einen Farbenrausch. Einzelne Schreie der Verzückung, überwiegend ausgestoßen vom „Schönen Geschlecht", erinnerte Eric unwillkürlich an ein erotisches Abenteuer, dass er vor einigen Jahren mit einer bezaubernden jungen Dame der besseren Gesellschaft hatte. Ein sanftes Lächeln krönte daher sein Antlitz. Die meisten Männer hingegen, ließen mit einem anerkennenden Brummen und einigen gefälligen „Aaaahs" ihrer Begeisterung freien Lauf. »Mama, wann beginnt der Regen der Sterne?«, fragte Quartu quengelnd seine Mutter. »Gleich wird es passieren«, jauchzte Satira freudig und begann voller Erregung ihre Flügel zu spreizen. »So kann ich aber nichts sehen«, beschwerte sich Boris vernehmlich, dem jetzt die Sicht genommen wurde. »Entschuldigung«, säuselte die Himmelsfliegerin sanft und mit dem unschuldigsten Augenaufschlag den die Welt je gesehen hatte. »Ich werde doch einen meiner liebsten Freunde nicht vergraulen.« Der Zoologe wollte gerade zu einer Antwort ansetzten, als das Sternenzelt über ihnen lautlos zu explodieren schien. Einem gigantischen Funkenregen gleich schossen die Drachen auseinander und zogen silbrig glänzende Spuren hinter sich her aus denen wiederum tausende kleiner Funken entsprangen. Die ganze Halbinsel, in dessen Mittelpunkt der Heilige Berg stand, wurde für einen kurzen Moment taghell erleuchtet. Seine Frau Claire fest umschlungen in den Armen haltend, bemerkte Ben Miller leise: »Das ist ein grandioses Schauspiel. Ich habe schon so manches Feuerwerk auf der Erde gesehen, doch die Vorführung der Drachen übertrifft sie alle.« »Wie haben deine Artgenossen diese großartige Illumination nur hinbekommen«, wollte Boris erstaunt von der Drachendame wissen. »Dafür benutzen wir Mineralien, die man überall auf Blaustern finden kann«, erklärte sie stolz. »Hört ihr den Ton?«, fragte Silvia plötzlich. Sie spielte nebenbei Geige und besaß ein unglaublich gutes Gehör. »Das ist doch ein G.« Mehrere hundert Himmelsflieger bildeten ein gleichschenkeliges Dreieck und stürzten wie Jagdflugzeuge dem Plateau entgegen. Aus ihren Kehlen entströmte der Klang, der an ein Cello erinnerte. Kurz darauf bildete eine weitere Gruppe die gleiche geometrische Form und stimmten ein D an. Eine dritte Formation ließ wieder ein G erklingen, aber diesmal eine Oktave höher. Aus diesem Akkord heraus begannen sie nun eine wunderschöne Melodie zu bilden, während eine andere Gruppe von Drachen bunt schillernde Streifen hinter sich her zogen, die von innen heraus leuchteten. Mit begeistertem Klatschen und Johlen empfingen die Menschen die ersten landenden Himmelsflieger, die mit würdevollem Kopfnicken und sichtlicher Freude den Applaus entgegennahmen. »Welcher gelungener Abend«, jubelte Satira verzückt und ließ im sanften Licht der Sterne ihre herrlichen Schwingen aufleuchten.

Der Plan

Als der Morgen graute waren die meisten Himmelsflieger schon wieder in ihre alten Jagdgebiete zurückgeflogen. Trotzdem tummelten sich immer noch über fünfhundert Drachen auf dem Plateau und schienen heftig miteinander zu diskutieren. Bens Augen wirkten noch völlig verschlafen, als er sich in seinem alten Bord-Overall den riesigen Wesen näherte. »Hallo Jungs«, krächzte er mit noch schwer zu kontrollierenden Stimmbändern. »Was um Himmels Willen habt ihr zu so Gottloser Stunde wichtiges zu besprechen?« Da streckte sich ihm ein Drachenkopf von imposanter Größe entgegen. Aus der Tiefe seines Schlundes drang eine mächtige Stimme hervor und meinte: »Wir haben einen Plan.« »Hat das nicht Zeit bis nach dem Frühstück, Aratu«, nuschelte der Schiffsführer verlegen. »Ohne eine Tasse Kaffee bin ich um diese Zeit nicht zu gebrauchen.« »Der hat doch heute Nacht schon wieder mit seinem Weibchen kopuliert«, drang aus dem Hintergrund die Stimme eines noch sehr jungen Drachen. »Ich kann das riechen.« »Du hältst sofort deine vorlaute Klappe«, wies ihn Naran aufgebracht zurecht. »Ich habe dir doch erklärt, dass die Menschen nicht mit jedem über ihre Vermehrungsgeschichte sprechen. Es ist ihnen peinlich wenn man sie darauf anspricht.« »Wir müssen jetzt über bedeutendere Dinge reden?«, schimpfte Artatu ungehalten und schaute dabei grimmig in die Runde. »Wieso, gibt es denn ein wichtigeres Thema?«, drang aus dem Hintergrund eine andere Stimme. Fünfhundert Drachen brüllend Lachen zu hören war nicht jedermanns Sache. Entsetzt hielt sich Ben die Ohren zu. Es war als ob ein mächtiges Raumschiff mit dröhnenden Triebwerken in nächster Nähe landen würde. »Ich glaube, du gehst jetzt besser frühstücken«, bemerkte Aratu mit verhaltenem Lachen zu seinem Freund von der Erde. »Meine Leute sind immer noch ein bisschen aufgedreht von der letzten Nacht.« Nach einem ausnehmend guten Frühstück und anschließender Dusche traf sich Ben, in Bekleidung seiner Führungscrew, eine Stunde später mit den wichtigsten Vertretern des Himmelvolkes auf einem speziell dafür hergerichteten Platz vor der Space Truck 3009. »Nun mal raus mit der Sprache, was habt ihr denn vor«, fragte Ben den uralten Drachenfürsten respektlos. »Wir wollen eine Stadt auf dem Tafelberg bauen. Eine Stadt für Menschen und Himmelsflieger.« Ben war für einen Moment sprachlos und starrte den roten Drachen ungläubig an. Er konnte sich nicht vorstellen wie zwei so unterschiedliche Rassen in einer gemeinsamen Siedlung leben konnten. »Aber ihr habt doch noch nie in Behausungen gelebt«, warf jetzt Claire ein. »Wie stellt ihr euch das überhaupt vor?« Lächelnd sah sie der mächtige Drachenfürst von oben herab an und erzählte ihr: »Vor über 150 000tausend Jahren haben unsere Vorfahren in gesicherten Städten gelebt und sogar Festungen erbaut. Unsere Spezies war damals viel kleiner als heute und musste sich ständig gegen aggressive Flugsaurier und gefährliche Landechsen verteidigen. Aber dann kam es zu einer schrecklichen Naturkatastrophe. In Jahrtausenden angesammelte Spannungen zwischen den Kontinentalplatten entluden sich spontan, ließen dabei hunderte Vulkane entstehen und verwandelten den ganzen Planeten innerhalb kürzester Zeit in den Vorhof der Hölle. Bald darauf verdunkelte die Asche den Himmel und es wurde Bitterkalt. In den extremen klimatischen Bedingungen der Nachfolgezeit starben viele unserer natürlichen Feinde aus. Auch unsere Art wurde stark dezimiert. Dennoch gab es ausreichend Überlebende. Das war auch der stabilen Bauweise der Altvorderen zu verdanken. Ihre Gebäude bestanden aus verzahnten Quadern aus Felsengestein und stabilen Dächern, auf denen man landen konnte. Auch existierten größere Vorratslager, die sie die grausame Zeit überstehen ließen. Doch es dauerte Jahrhunderte bis sich das Klima wieder normalisierte. Dann aber verwandelte sich die Welt in ein Paradies und unsere Rasse wurde, dank des reichhaltigen Nahrungsangebotes, immer größer. Nicht mehr auf ihre Behausungen angewiesen verließen die Himmelsflieger ihre befestigten Siedlungen und entwickelten sich zu Nomaden der Lüfte. Ungenutzt verfielen die großartigen Bauwerke und verschwanden, bis auf wenige Überreste, fast gänzlich vom Angesicht des Planeten.«

»Aber die Erinnerung daran existiert noch«, bemerkte Claire nachdenklich. »Mehr als das«, verbesserte sie Aratu, »wir besitzen eine ganze Menge alter Schrifttafeln aus jener Zeit.« Mit weit aufgerissenen Augen stammelte Claire: »Ihr, ihr hattet eine Schrift?« »Nein, wir haben eine Schrift«, entgegnete ihr der rote Drache verwirrt. »Unsere kleineren Vorfahren benutzten umständliche Piktogramme und benötigten über 50.000 Zeichen, um ihre Sprache adäquat zu erfassen. Doch zum Glück entwickelte der große Schriftgelehrte Tabor, vor etwa 80.000 Jahren, vereinfachte Lautzeichen, die wir heute noch benutzen.« »Ich hätte dir sagen können, dass sie Lesen und Schreiben können«, lachte Ben und schaute seine Frau vergnügt an. »Tut mir leid«, murmelte sie verdrossen an den Führer des Himmelvolkes gewandt, »ich wunderte mich zwar darüber, dass ihr unsere Schrift lesen könnt, dachte aber nicht weiter darüber nach. Ich muss ehrlich zugeben, mein Wissen über deine Rasse ist sehr beschränkt.« »Das wird sich in nächster Zeit ändern, dass hoffe ich jedenfalls«, entgegnete ihr der Angesprochene schmunzelnd. Um etwas vom Thema abzulenken sagte sie: »Wenn wir so ein Projekt realisieren wollen, ist das nur mit einem immensen Aufwand an Personal zu schaffen.« »Du scheinst Erfahrung auf diesem Gebiet zu besitzen«, bemerkte Aratu. »Ich hatte ursprünglich Ingenieurbau studiert. Nach dem Studium arbeitete ich noch eine Zeitlang in der Tragwerksplanung, bevor ich mich dann der Architektur zuwandte.« Lächelnd bemerkte der Drachenfürst: »Dann wirst du uns bestimmt noch einiges beibringen können.« Nachdenklich traf Ian die Feststellung: »Die Himmelsflieger besitzen doch ein unglaubliches Gedächtnis und können Gelerntes sehr schnell umsetzen.« »Und was soll uns das jetzt nützen?«, wandte Eric skeptisch ein. »Ganz einfach. Wir müssen nur entsprechende Ein- und Ausgabemedien für die Klauen unserer großen Freunde bauen, dann könnten sie auch am Computer arbeiten und so helfen das Projekt vorantreiben.« »Eine gute Idee«, stimmte ihm Ben zu, »wir haben ohnehin nicht genügend Leute. Auch bräuchte ein Mensch selbst mit Hypno-Schulung Wochen, um den nötigen Wissenstand zu erreichen.« »Wie lange hat den dein Volk in Gebäuden gelebt«, fragte Claire den Drachenfürsten. Der wiegte seinen mächtigen Schädel hin und her und murmelte: »Ungefähr dreißigtausend Jahre.« Claire war begeistert von der Geschichte der Himmelsflieger. Vor allem faszinierte sie, das die Drachen immer noch über das Wissen von damals verfügten. Gerade im Bezug auf einheimische Materialien konnte das von Vorteil sein. Während des weiteren Gespräches schlug der Drachenfürst vor, als erstes einen äußeren Verteidigungsring zu errichten. Danach, so seine Meinung, konnte man sich in aller Ruhe, der eigentlichen Stadt widmen. Beowulf, der immer noch mit einem brummenden Schädel zu kämpfen hatte, wandte sich mit einem ganz anderen Problem an die Gruppe. »Wenn wir die Schwarzpelze nicht dauerhaft aus unserem Gebiet vertreiben, können die Himmelsflieger nicht mit ausreichend Nahrung versorgt werden.« »Wieso?«, fragte Claire verwundert. Unwillig brummte er: »Weil es bei ihrem Hunger schon bald kein Wild mehr in dieser Gegend gibt.« »Er hat recht«, stimmte ihm lan zu. »Die Rammber müssen weg. Dazu benötigen wir eine schnelle Eingreiftruppe, bestehend aus Menschen und Drachen. Die müssen durch ständige Angriffe die Pelzträger derart unter Druck setzen, dass sie freiwillig unser Gebiet verlassen.« »Was du forderst ist die Vertreibung einer ganzen Rasse aus ihrem angestammten Siedlungsgebiet«, ereiferte sich Silvia zornig, die immer noch an ein friedliches Nebeneinander der drei Rassen glaubte. »Ich kann deine moralischen Bedenken verstehen«, versuchte Naran die aufgebrachte Dame zu beruhigen. »Mein Volk hat sogar schon mehrmals versucht eine friedliche Beziehung zu den Pelzträgern aufzubauen. Leider hat es sich als unmöglich erwiesen. Diese Wesen sind triebgesteuerte Egomanen die sich für das Zentrum des Universums halten. Am Ende werden sie den ganzen Planeten kahlfressen. Dir mag das Leben heilig sein, aber den Rammbern sind solche Vorstellungen fremd. Es sind bösartige Abnormitäten, die alles vernichten was ihnen unter die Krallen kommt!« »Es muss doch noch einen anderen Weg geben«, überlegte sie laut. »Denn wir auch gerne einschlagen, wenn es ihn gibt«, wandte Aratu verständnisvoll eine.

»Aber sie vermehren sich so stark, dass es in maximal hundert Jahren kein einziges Landtier mehr auf Blaustern geben wird. Wahrscheinlich sogar eher. Schon jetzt wenden sich die ersten von ihnen dem Meer zu. Noch fischen sie nur von grob gezimmerten Flössen aus an den Küsten. Lange wird es nicht mehr dauern bis sie Boote bauen und mit Fischfangflotten alles fangen was in ihre Netze gerät. Zwei oder dreihundert Jahre gebe ich noch den Rammber, dann werden auch sie aussterben.« Daraufhin konterte die Biologin vorlaut: »Dann brauchen doch die Himmelsflieger nur abzuwarten bis sich das Problem von selbst gelöst hat.« »Es wäre schön, wenn das so einfach wäre, Silvia, nur wird es bis dahin auch keinen einzigen Drachen mehr auf Blaustern geben.« »Das stimmt«, bestätigte Boris die Aussage von Aratu. »Wenn nichts passiert, werden die Himmelsflieger in maximal sechzig Jahren der Vergangenheit angehören.« Eine leichte Röte der Scham überzog das ebenmäßige Gesicht der Biologin. Den Kopf leicht gesenkt flüsterte sie betroffen: »Da war mein Mundwerk wohl schneller als mein Gehirn.« Ohne weiter darauf einzugehen murmelte Ben: »Dann wäre zu diesem Thema ja alles gesagt.« Eine Woche später hatten Ian Butler und Beowulf aus einer Gruppe von über zweihundert Freiwilligen sechzig Personen ausgesucht, die gemeinsam mit der gleichen Anzahl von Drachen, eine taktische Kampfeinheit bilden sollten. Einfach war das nicht, den die Himmelsflieger waren recht eigenwillige Kreaturen und dazu noch hochintelligent. Auch war ein Drache kein Pferd, dass sich einem Menschen unterordnete und bereitwillig dessen Befehle ausführte. Es mussten sich also innerhalb kürzester Zeit perfekte Partnerschaften herausbilden. Teams aus zwei Individualisten, die sich gegenseitig respektierten. Kein einfache Angelegenheit und tatsächlich der schwierigste Teil des Projekts. Aber auch der praktische Teil hatte es ganz gewaltig in sich. Die Menschen, je dreißig Frauen und Männer, mussten in zahlreiche halsbrecherischen Flugübungen lernen vom Rücken eines Drachens zu schießen und gleichzeitig den Mageninhalt bei sich zu behalten. Aber auch Boris Steinhausen hatte in seinem Drachen-Hospital mehr als genug zu tun. Aus allen Himmelsrichtungen von Blaustern kamen seine Patienten geflogen und hofften auf Heilung. Auch trächtige Weibchen suchten den Heiligen Berg auf, um gefahrlos ihre Jungen gebären zu können. Ein speziell für sie errichteter Pool, unweit der Quelle, diente den Neugeborenen als Planschbecken. Es wurde zu einem ganz normalen Anblick, Menschen-und Drachenkinder gemeinsam spielen zu sehen. Eine unglaubliche Entdeckung, die Boris Steinhausen zwei Wochen nach dem Drachenfest an einem späten Nachmittag machte, ließ ihn ohne zu Zögern in eine Besprechung der Führungscrew platzen. »Du musst schon einen wichtigen Grund haben, um hier unangemeldet einzudringen«, grollte Ben Miller müde und überreizt den jungen Mann an. »Also, was gibt es?« »Du kennst doch Anne Goldberg, ihr Sohn Billy wurde vor drei Monaten noch im Weltraum geboren.« »Ja, der kleine kränkliche Junge, ist er etwa gestorben?« »Eher das Gegenteil. Würdest du ihn dir bitte mal anschauen?« »Wenn es unbedingt sein muss«, brummte Ben ärgerlich. Als Anne den Konferenzraum mit ihrem Baby auf dem Arm betrat, konnten die Meisten ein erstauntes Raunen nicht unterdrücken. Ein munterer Säugling mit rosigen Wangen strahlte ihnen vergnügt entgegen. »Wie habt ihr denn das gemacht«, fragte Claire verwundert während Klein-Billy lustig kicherte. »Wir überhaupt nichts«, war die lapidare Antwort von Boris. »Aber eine junge Drachenmutter gab der verzweifelten Anne vor drei Tagen etwas von ihrer Milch und wie es aussieht hat Billy sehr gut darauf reagiert.« »Der Schuss hätte auch nach hinten losgehen können«, bemerkte Ian

Butler trocken. »Besonders, wenn es sich um eine so fremde Lebensform wie die der Himmelsflieger handelt.« Direkt und unverblümt hatte er das ausgesprochen, was die meisten von ihnen dachten. Mit einem leichten Lächeln gestand der Zoologe: »So ähnlich hätte ich wahrscheinlich auch noch vor einigen Tagen argumentiert.« »Was willst du uns damit sagen, Boris«, fragte Ben plötzlich ziemlich interessiert. »Wie die meisten von euch wissen, habe ich – nein - hatte ich eine schlimme Brandnarbe an meinem rechten Unterarm. Jetzt ist sie verschwunden.« Demonstrativ streckte der mit einem kurzärmeligen Hemd bekleidete Mann, den Arm in die Luft. Sachlich fuhr er fort: »Wie ihr wisst, stelle ich schon seit einigen Tagen eine Paste aus verschiedenen Pflanzenextrakten und Drachenblut her. Es ist ein Heilmittel, dass in dieser Form schon lange von den Himmelsfliegern genutzt wird. Beim Verarbeiten ist mir die Substanz auch auf den Unterarm gelangt, mit, wie ihr seht, durchschlagendem Erfolg. Heute morgen habe ich in einer mobilen Klinik-Einheit mehrere Laborversuche durchgeführt und dabei festgestellt, dass sowohl die Muttermilch von Drachen, wie auch ihr Blut, sich regenerativ auf menschliches Gewebe auswirkt. Zur Sicherheit werde ich natürlich noch einige Langzeitstudien über das Phänomen durchführen, aber mein Bauchgefühl ist gut, und das hat mich bisher noch nie getäuscht.« »Unglaublich, überlegt euch mal die Konsequenzen daraus«, murmelte Silvia begeistert. »Es muss schon mehr als nur ein Zufall sein, dass wir auf Blaustern gestrandet sind.« »Möglich ist alles«, murmelte Ben nachdenklich. »Aber wir brauchen noch mehr Beweise.« »Dafür werde ich schon sorgen«, verkündete Boris Steinhausen selbsbewusst.

Epilog

Sechs Monate waren seit der Bruchlandung der Spare Truck 3009 auf Blaustern vergangen. In dieser Zeit war viel geschehen. Ian Butler und Beowulf hatten mit ihrer kleinen aber schlagkräftigen Kampftruppe den Stamm der Coronnen so lange mit Krieg überzogen, bis diese, der ständigen Angriffe überdrüssig, ihre ohnehin zerstörte Stadt verließen und weiter nach Westen zogen. Nun beherrschte das Bündnis, bestehend aus Himmelsfliegern und Menschen, ein Gebiet von der Größe Europas. Doch das sollte erst der Anfang sein, denn Ian drängte Ben die Truppe zu vergrößern. Irgendwann, dass wussten sie, würden sich die Rammber zu einer gewaltigen Streitmacht vereinigen, und zu einem Gegenangriff übergehen. Dieser Gefahr wollte Ian zuvorkommen. Insgesamt betrachtet, blickte die neue Gemeinschaft auf dem Tafelberg einer halbwegs optimistischen Zukunft entgegen. Doch leider hatten sich noch weitere zweihundertfünfzig Menschen von den Auswanderern abgesetzt, um nach eigenen Regeln zu leben. Dabei handelte es sich um Tarek Ali und seine Leute. Ihm war das Bündnis mit den Himmelsfliegern von Anfang an suspekt. Er sah sogar in der einheimischen Intelligenz eine große Gefahr für seinen Glauben, da die Drachen bei Diskussionen, die Logikfehler der Wüstenreligion klar benannten. Vor vier Monaten war der fromme Mann mit seinen Anhängern verschwunden. Eine Zeitlang hatte noch Funkkontakt zur muslimischen Glaubensgemeinschaft bestanden. Inzwischen aber, war er auf Wunsch der strenggläubigen Menschen die Interaktion abgebrochen worden. In ihrer letzten Meldung hieß es, sie hätten ihre Bestimmung gefunden. Nun könnten sie ihre Religion, ohne den verderblichen Einfluss von unislamischen Wertvorstellungen leben. Wie die Wertvorstellung von Tarek Ali aussah, wurde Ben von Spähern der Himmelsflieger berichteten. Die in hellen Gewändern gekleideten Menschen hatten mithilfe ihrer Waffen einen Stamm Ocker-Pelze unterworfen. Von ihren neuen Untertanen ließen sie sich am Rande der Schokar-Wüste, die etwa 6.000 Kilometer südwestlich der Halbinsel lag, eine große Siedlung mit mächtigen Außenmauern bauen. Während sie sich ihrem Glauben widmeten oder als Wächter wachten, durften ihre neue Sklaven schuften. Bis auf diese merkwürdige Geschichte, an die Ben nur mit Bauchschmerzen denken konnte, verliefen alle anderen Entwicklungen äußerst positiv. Da war zum Beispiel die Entdeckung des Biologen Boris Steinhausen, dass die Muttermilch von Drachenweibchen besondere Heilkräfte besaß. Bei eingehenden Untersuchungen stellte sich heraus, dass sich selbst geringste Mengen davon, positiv auf den menschlichen Organismus auswirkten. Darüber freuten sich natürlich die überarbeiteten Mediziner, weil vielen Patienten dadurch schneller geholfen werden konnte. Selbst Krebsgeschwüre waren chancenlos gegen das natürliche Medikament. Ein weiteres Problem, mit dem sie ursprünglich zu kämpfen hatten, war die höhere Gravitation von Blaustern. Zwar waren die menschlichen Körper bis zu einem gewissen Grad anpassungsfähig, aber die Gelenke hatten doch sehr unter der Dauerbelastung zu leiden. Das Problem löste sich erst, als Ben bei einer heiligen Zeremonie mit dem Drachenfürsten ein viertel Liter Blut tauschte. Wenige Tage darauf spürte er eine deutliche Steigerung seiner Leistungsfähigkeit. Das traf kurz darauf auch auf seien Sinne zu. Er konnte nicht nur besser sehen, er konnte auch besser hören und riechen. Die Mediziner stellten bei einer anschließenden Untersuchung fest, dass er nun auch über eine stabilere Knochenstruktur verfügte, aber eigenartigerweise sein Blut nun mit dem des Drachenfürsten identisch war. Aratu nahm ihn daraufhin in seine Familie auf. Als eine Woche darauf

Claire dieselbe Prozedur mit Satira vollzog, gab es unter den restlichen Auswanderern kein Halten mehr. Jetzt waren die Menschen und das Drachenvolk nicht nur Bündnispartner sondern auch Blutsverwandte. Ben`s Ehefrau Claire war inzwischen zu einer der wichtigsten Personen auf dem Heiligen Berg geworden. Mit Aratu und Satira und einem gemischten Stab, bestehend aus Menschen und Himmelsfliegern, erstellte sie die Entwürfe für die Festungsstadt und leitete die Baumaßnahmen. Überall von Blaustern kamen ganze Scharen von Himmelsfliegern, um bei dem Projekt mitzuhelfen. Gewaltige Außenmauern, die jedes vergleichbare Bauwerk auf der Erde in den Schatten stellten, sollten die Stadt und ihre Bewohner vor einem Angriff der Rammber schützen. Ein hundert Kilometer entfernter Gebirgszug, der aus einer Art weißem Granit bestand, diente als Steinbruch. Der silbrig marmorierte Fels wurde von den Drachen mit ihren diamantharten Krallen gebrochen und grob bearbeitet. Andere Drachen flogen die Blöcke zum Tafelberg. Handwerker von der Erde machten die Feinarbeit. Die mit Zapfen versehenen Quader wurden derartig passgenau bearbeitet, dass weder Stoß noch Lagerfugen erkennbar waren. Trotz der Bedrohung durch die Rammber, ließ man sich genügend Zeit, denn es sollte ein unvergleichliches Meisterwerk entstehen, das noch in Jahrhunderten erstrahlen sollte. Die große Begeisterung aller Beteiligten an dem Projekt erkannte man an einem mächtigen Eckturm, der mit beängstigender Geschwindigkeit in die Höhe wuchs. Er stand auf einem strategisch wichtigen Punkt und musste daher etwas früher fertig gestellt werden. Doch er wurde nicht nur zu einem wehrhafte Bauwerk, sondern zu einer architektonischen Meisterleistung, dass die Augen der Menschen und der Himmelsflieger erfreute. Auch für den Gebirgszug, aus dem der marmoriert Stein kam, hatte Claire eine Idee. Hier sollte eine zweite Festung mit ausreichend Wohnraum für den Notfall erbaut werden. Auf den Hängen der Berge plante sie großzügig angelegte Terrassen, mit weitläufigen Parkanlagen und künstlichen Seen, in denen sich Drachen und Menschen vergnügen konnten. Auch die Versorgung der unterschiedlichen Rassen mit Lebensmitteln, löste sich schneller als erwartet. Eine einheimische Rasse, irdischen Rindern nicht unähnlich, bildete die Grundversorgung für die Himmelsflieger. Sie ließen sich leicht domestizieren und vermehrten sich rasch. Auch Menschen konnten das Fleisch verzehren. Als zudem einige Jungdrachen gelernt hatten, mit Netzen umzugehen, bereicherten die unterschiedlichsten Fischsorten die tägliche Speisekarte der intelligenten Ureinwohner. Die Produktion von Biomasse, für das von Terra stammende Nutzvieh, konnte durch den Bau weiterer Hallen gesichert werden In Zukunft waren auch Gewächshäuser geplant, um die Versorgung der Menschen mit Gemüse und Obst zu sicheren. Auch Milch gab es inzwischen in großen Mengen, was zur Folge hatte, dass es eine reichhaltige Palette an Käsesorten gab, von denen manche die hochempfindlichen Riechorgane der Himmelsflieger arg strapazierten. »Zum ersten Mal seit über tausend Planetenjahren ist die Anzahl der Himmelsflieger nicht mehr Rückläufig«, bemerkte Aratu nicht ohne Stolz, bei einer der regelmäßig stattfindenden Konferenzen. »Die Donnerinseln können auch wieder besucht werden«, tönte die laute Stimme von Beowulf, der gerade dabei war von Naran herabzusteigen.« »Aber die liegen doch außerhalb unseres Gebietes«, schimpfte Ben. »Was hattet ihr dort zu suchen?« »Das musst du schon Aratu fragen«, konterte Beowulf trocken. »Wir haben nur seinen Auftrag ausgeführt.« »Sie haben tatsächlich eine Anordnung von mir befolgt«, bestätigte der Drachenfürst. »Die Geysire auf den Donnerinseln enthalten lebenswichtige Mineralien, die gerade für junge

Himmelsflieger wichtig sind.« Schmollend monierte Ben: »Du hättest mich wenigstens informieren können.« »Ich wollte dich und Claire nicht stören. Ihr habt auch so schon viel zu wenig Zeit für euch.« »Die haben es aber schon wieder gemacht!«, drang aus dem Hintergrund die vorlaute Stimme eines Jungdrachen. »Schnauze!«, brüllte Naran aufgebracht und rollte dabei wild mit seinen Augen. »Aber ich kann es doch riechen«, klagte der Gerügte trotzig. »Machen es kleinere Wesen öfters als Größere?«, fragte neugierig ein kleines Drachenmädchen seine Mutter. »Was hast du schon wieder gemacht, Ben?«, fragte Beowulf mit unschuldiger Miene. »Verdammt noch Mal«, fluchte der Angesprochene genervt. »Unsere großen Freunde können riechen wenn du Sex hattest.« Nervös nestelt Claire am Saum ihrer Bluse herum während eine zarte röte der Scham ihr hübsches Gesicht überzog. Geflissentlich überhörte sie das leise Gelächter im Hintergrund. »Bei solch' großen Nasen war das zu erwarten«, ulkte Beowulf, der, nachdem er sich mit einem Getränk versorgt hatte, wieder auf Narans Kopf gemütlich machte. Daraufhin seufzte Oraban demütig: »Was haben wir uns da nur eingebrockt.« »Die Zukunft«, lachte Aratu donnernd und breitete vergnügt die Flügel aus.

ENDE